VON BÄREN BESCHÜTZT

HIGHLAND SHIFTERS 2

SKYE MACKINNON

Aus dem Englischen von
ANNETTE KURZ

Peryton Press

Meinen Lesern gewidmet – das wollte ich schon längst tun!

INHALT

WAS BISHER GESCHAH

Mädchen trifft Bären. Mädchen wird stinksauer auf Bären. Mädchen rettet einen Bären. Mädchen bumst Bären. Mädchen wird zum Bären (teils, teils). Mädchen wird wieder stinksauer auf Bären. Mädchen bindet sich an Bären. Mädchen bumst Bären.

(Sorry, ich konnte nicht widerstehen.)

DIE FRAUEN

Isla, 20-jährige Menschenfrau, die auf Salvation Island aufwuchs, wo ihr Onkel Sektenführer ist;

Allis (Langname *Callisto*), eine Nymphe, die von Artemis in einen Bären verwandelt wurde.

ISLAS BÄREN

Torben – 26, Eisbär
    Finn (Gordon) – 22
    Húnn (Pelja) – 25, Ràns Bruder
    Ràn (Orson) – 24, Húnns Bruder

DIE BEIDEN ALTEN BÄREN

Bertrand – Panda-Wandler
    Arnold – Brillenbär-Wandler

PROLOG

ALLIS

Es war einmal eine wunderschöne Nymphe, die – ach, was soll der Scheiß, das war ich, und mein Leben war alles andere als ein Märchen. Wirklich nicht.

Es hat ganz gut angefangen, das stimmt schon. Mein Vater war Lykaon, König von Arkadien. Er war nicht immer gut zu seinem Volk, wohl aber zu seinen Töchtern. Er zeugte mit einer ganzen Reihe verschiedener Frauen insgesamt fünfzig Söhne, an deren Namen ich mich nicht einmal mehr alle erinnern kann. Aber er hatte nur drei Töchter: Dia, Psophis und mich, Callisto. Er nannte uns seine Nymphen, seine sorglosen, hübschen Geister.

Er hat uns verwöhnt und versucht, uns das bestmögliche Leben zu bieten – es war wie im Paradies. Ich wuchs in einem Palast auf, war von Überfluss und Reichtum umgeben. Jeder meiner Wünsche wurde erfüllt.

Dienstboten standen mir stets zur Verfügung. Es ist eigentlich ein Wunder, dass ich nicht zum selbstverliebten Nimmersatt wurde.

Es war ein gutes Leben. Ich war schön, reich und lebte unter den berühmtesten Göttern und Göttinnen des antiken Griechenland. Ich war zwar selbst keine Göttin, stand ihnen aber in vielem nicht nach. Und ich war mit ziemlicher Sicherheit reicher als sie alle.

Ihr habt vielleicht schon von Artemis gehört, der Göttin der Jagd. Also, das war meine beste Freundin. Und wäre wohl auch meine Geliebte geworden, wenn sie nicht dieses törichte Gelübde abgelegt hätte, für immer Jungfrau zu bleiben. Sie sah einfach umwerfend aus. Grüne Augen, die im Sonnenlicht nur so funkelten, langes weiches Haar, das sie hinten zusammenband, wenn sie auf die Jagd ging, ein trainierter, aber weiblich gerundeter Körper. Sie war einfach wunderschön und ich fragte mich jeden Tag, wie ausgerechnet ich dazu kam, ihre Freundin zu sein. Ihre beste Freundin.

Ich hatte bei Hofe keine besonderen Aufgaben oder Pflichten, verbrachte also meine Tage mit Artemis auf der Jagd und die Nächte damit, deren Ergebnisse gebührend zu feiern. Außer mir gab es noch andere Mädchen, allesamt Jungfrauen wie die Göttin der Jagd; aber ich glaube, ich war Artemis' liebste Gefährtin. Wir waren ständig zusammen.

Aber alles Gute hat einmal ein Ende. Meine Schönheit wurde mir zum Verhängnis.

Zeus, der am meisten schwanz-gesteuerte Gott des Universums, hatte ein Auge auf mich geworfen. Auch wenn er weniger im Kopf hatte als in den Eiern, gelang es ihm doch, mich auszutricksen. Ich will mir die Einzelheiten ersparen, das ist alles zu peinlich; kurzum, ich wurde schwanger. Artemis war natürlich wütend. Ich hatte nicht nur mein Enthaltsamkeits-Gelübde gebrochen, ich hatte auch noch mit dem Mann einer ihrer anderen Freundinnen geschlafen, Hera.

Artemis war eine leidenschaftliche Frau. Leidenschaftlich in Freundschaft, aber auch in Feindschaft.

Die Liebe, die wir einmal füreinander empfunden hatten, wurde zu etwas Dunklem, Pervertierten. In ihrer Wut verwandelte sie mich in einen Bären. Ja, ich weiß, das klingt jetzt wieder wie ein Märchen, aber glaubt mir, das war es wirklich nicht. Es war eine äußerst schmerzhafte Erfahrung. Ich konnte mich wochen-, monatelang nicht richtig bewegen. Meine Gliedmaßen gehorchten mir nicht, mein ganzer Körper wehrte sich gegen das, was der Kopf wollte, und ich hungerte, weil mir der Anblick von rohem Fleisch Übelkeit bereitete.

Keiner wollte mehr etwas mit mir zu tun haben. Am wenigsten Zeus, der Urheber meiner schlimmen Lage, dessen Kind ich in mir trug. Ich verließ den Ort, an dem ich aufgewachsen war und verschwand in die Berge. Mein Leben war nun geprägt von Einsamkeit. Es war hart. Manchmal war ich dem Tod näher als dem Leben. Aber ich gab nicht auf.

Denn in mir wuchs ein Baby heran. Ein Bärenjunges. Der erste Bärenwandler.

Als Arkas geboren wurde, glaubte ich noch, alles

würde gut werden. Es gab nur ihn und mich, aber das war genug. Wir lebten zusammen in den Vorbergen des großen Gebirges, wohin ich geflohen war; ein Ort, der sich als perfekte Kinderstube für einen jungen Bären erwies. Es gab dort ausreichend Nahrung, und ich war mittlerweile in der Jagd geübt.

Mein Sohn war zunächst ein Bärenjunges, aber als er drei Jahre alt war, wandelte er sich zum ersten Mal in einen Menschen. Das war ein Schock für mich. Andererseits ließ mich das auch für ihn hoffen, er könne in der normalen menschlichen Gesellschaft leben. Er würde nicht auf ewig in den Wäldern bleiben müssen. Er würde ein richtiges Leben haben können.

Ich hatte so große Hoffnungen.

Was für ein Narr ich doch war!

Als Arkas sechzehn Jahre alt war, schickte ich ihn fort in den Palast seines Vaters und hoffte, dass er dort als der Prinz willkommen geheißen würde, der er war. Ich hörte zwei Jahre lang nichts von ihm. Als er dann aber zurückkehrte, brachte er seinen Lehrmeister mit, Raoul. Ein Mann, bei dessen Anblick die Sonne aufzugehen schien. Ich verliebte mich auf der Stelle in ihn. Und diesmal war es wirkliche Liebe, nicht das, was ich für Zeus empfunden hatte, der mich lediglich verführte.

Nach einigen Wochen zog mein Sohn wieder von dannen, zurück in sein neues Leben bei den Menschen und Göttern. Raoul aber blieb. Er war ein Mensch, aber es machte ihm nichts aus, dass ich eine Bärin war. Er sah unter meinem Fell und dem unförmigen Körper die wahre Callisto.

Ich dachte schon, der auf mir lastende Fluch sei vielleicht doch gar nicht so schlecht gewesen. Denn sonst hätte ich Raoul nicht kennengelernt.

Puh. Die Moiren lassen nicht mit sich spaßen und schossen mir in den Rücken. Ganz wörtlich. Obwohl es Artemis war, die den Pfeil abschoss. Bis heute weiß ich nicht, ob sie nur einen Bären jagen wollte oder mich persönlich.

Das Ergebnis war allerdings dasselbe. Ich starb in Raouls Armen.

Aber wieso bist du dann nicht tot, höre ich euch fragen? Das lag an Zeus. Er gehörte zur Jagdgesellschaft und hat mich wiedererkannt. Vielleicht war da ein Anflug von Schuldgefühl, vielleicht wollte er den anderen aber auch nur zeigen, was für ein toller Gott er war. Jedenfalls hat er mich in einen Geist verwandelt. Ich bin mir nicht sicher, ob er das tatsächlich auch mit Raoul anstellen wollte oder ob es nur ein Unfall war.

Statt als Bär zu sterben, wurde ich meinem Körper entrissen und wurde – etwas anderes. Ich bin eine wandernde Seele, vermutlich, oder ein Geist.

Und dieser Geist hatte lange keinen Körper.

Bis Isla daherkam.

KAPITEL EINS

Ich liege eingekuschelt zwischen warmen Körpern, habe meine Arme um zwei von ihnen geschlungen. Ohne genauer hinzuschauen weiß ich, dass alle vier Bären hier bei mir sind. Meine Wahrnehmung hat sich seit der vergangenen Nacht noch einmal um ein Vielfaches verbessert; ich kann sogar ihre Herzschläge hören. Und bin mir ziemlich sicher, dass ich sie erspüren könnte, selbst wenn sie nicht zu hören wären. Durch unsere Verbindung kann ich all ihre Emotionen wahrnehmen. Und da umgeben mich nur Zufriedenheit und Schläfrigkeit, Gefühle, die ich absolut teile.

Wir liegen immer noch auf dem Fußboden des Wohnzimmers, den wir vergangene Nacht ausgiebig genutzt haben. Ich habe die Körper der Männer erforscht und sie den meinen. Wir wurden eins, die Grenzen unseres Verstandes verschwammen für einen kurzen Augenblick, aber das Echo dieses Erlebens schwingt immer noch lebhaft in unserer Erinnerung. Diese

Erfahrung möchte ich noch einmal machen, und wenn ich sie dafür alle an mein Bett ketten müsste. Was eine wirklich gute Idee sein könnte.

Einverstanden, gibt Allis lachend ihren Kommentar ab. *Halte sie dicht bei dir, dafür lohnen sich alle Anstrengungen und möglicher Kummer.*

Lächelnd muss ich daran denken, wie das letzte bisschen Ärger sich gestern in Luft auflöste, als ich Torben in mir spürte. Und das mehrfach. Eigentlich wünschte ich mir fast, mich ein bisschen wund zu fühlen nach all unseren Aktivitäten, aber die bei Wandlern übliche schnellere Selbstheilungskraft macht sich bei mir offensichtlich bemerkbar. Einschließlich des Durchhaltevermögens. Ich habe gar nicht mehr mitgezählt, wie oft einer von ihnen mich beglückt hat. Wir hatten viel Spaß miteinander, so viel ist sicher.

Ich strecke mich und umarme den mir am nächsten liegenden Bären, genieße das Gefühl meiner warmen Haut auf seiner. Ich schnüffele. Hùnn. Er blinzelt mit einem Auge und lächelt als er sieht, dass ich ihn anschaue.

„Guten Morgen, Kleines."

„Guten Morgen", flüstere ich zurück. „Ich habe das Gefühl, dass heute etwas Aufregendes passieren wird."

Er gluckst. „Noch aufregender als der gestrige Abend?"

Ich nicke. „In mir kribbelt es. Du kannst es auch als Vorahnung bezeichnen. Vielleicht bedeutet das nichts, aber ich habe das Gefühl, dass eine Veränderung bevorsteht."

Jetzt zieht er die Stirn in Falten. „Eine gute oder schlechte?"

Ich zucke mit den Schultern. „Ich bin doch keine Wahrsagerin".

Ich bin schuld an diesem Gefühl. Meine Verbindung zu den Moiren ist in Bewegung geraten. Sie haben etwas vor. Hùnns Frage ist berechtigt. Bei den Moiren weiß man nie, ob sie Gutes oder Böses im Schilde führen.

Die Moiren? Wer sind sie?

Im Ernst? Wann ist nur all dieses Wissen abhandengekommen... Sie weben den Faden des Lebens und bestimmen so unser aller Schicksal. Diese Fäden sind nicht so starr wie manche glauben, sie lassen uns durchaus die Freiheit, eigene Entscheidungen zu treffen; andererseits kann ein Faden auch einmal so lose sein, dass sich ein Knoten bildet. Man erzählt sich auch, dass es Leute gegeben haben soll, die ihren Faden aus dem Gewebe herausgerissen und ihr Schicksal in die eigenen Hände genommen haben; aber das sind wahrscheinlich nur Geschichten, die einem vorgaukeln sollen, man habe eine Wahl. Die Moiren haben mich hierher geschickt, um mich um einen dieser Knoten zu kümmern. Ich glaube, der hat dafür gesorgt, dass die Bärenwandler verschwunden sind. Sie haben einen Fehler begangen, und jetzt müssen wir es richten.

Und was ich jetzt spüre, dieses Kribbeln – das bedeutet also, dass sie einen Faden auswechseln?

Ja, oder dass sie einen neuen hinzufügen. Manchmal treiben die Moiren ihren Schabernack. Es muss ganz schön langweilig sein, uns dabei zuzusehen, wie wir glücklich und zufrieden leben – also sorgen sie gelegentlich für ein bisschen Chaos. Sie sind nicht eigentlich bösartig, nur gelangweilt.

Die Bärenwandler verschwinden also, weil irgendwelche Frauen Langeweile haben?!

Beleidige ja nicht die Moiren... Aber ja, so könnte man es ausdrücken.

„Sprichst du mal wieder mit deiner Bärin?", fragt Húnn und zieht mir eine lose Haarsträhne aus dem Gesicht. Er lässt seine Hand auf meiner Wange ruhen und zieht mit dem Daumen kleine Kreise auf meiner Haut. Ich bedanke mich für diese zarte Geste mit einem Lächeln. Ich muss noch mehr Zeit mit Húnn verbringen. Eigentlich mit jedem einzelnen von ihnen, allein. Normalerweise sind sie immer zusammen, aber um sie richtig kennenzulernen, muss ich mich mit jedem einzeln befassen können. Vielleicht sollte ich mir dafür einen Terminplan anlegen – ein Bär am Morgen...

„Ja, sie hat mir von den Moiren erzählt."

„Oh". Einen Moment lang sagt er nichts. „Ich wusste gar nicht, dass es diese alten Geschichten noch gibt. Ich bin nur in Büchern darauf gestoßen, aber mein Bär sagt, er weiß mehr darüber, als ich gelesen habe. Warum hat er mir davon nicht schon früher etwas erzählt?"

„Frag ihn doch".

„Er ist im Moment noch nicht gut auf mich zu sprechen", murmelt Húnn. „Ich habe ihn vergangene Nacht ausgesperrt, und jetzt ist er eifersüchtig."

Ich muss lachen. „Zum Glück hat sich Allis aus dem Staub gemacht, ohne dass ich sie dazu zwingen musste."

Du könntest mich auch gar nicht zwingen.

Ein Klopfen an der Tür lässt mich hochfahren. Um mich herum gähnt es, die übrigen Bären sind also auch am Aufwachen. Ich muss über ihre etwas missmutigen Gesichter lachen. Der Winter ist zwar fast vorbei, aber sie sind immer noch im Winterschlaf-Modus.

„Das Handelsschiff ist angekommen!", ruft Arnold uns vom Flur aus zu. „Wir wollen gleich an den Strand runtergehen – kommt ihr mit?"

Das will ich mir auf keinen Fall entgehen lassen. Seit der Großen Flut und unserem Umzug nach Salvation Island habe ich kaum neue Gesichter gesehen, lediglich die Männer, die dort auf der Insel zu uns gestoßen sind und die sechs Männer hier im Haus. Ich bin ganz aufgeregt und springe auf, wobei es mir völlig egal ist, dass ich nichts anhabe. Schließlich kennen sie meinen Körper jetzt in- und auswendig. Also kein Grund für irgendwelche Schamgefühle.

„Wir kommen mit, brauchen nur einen Moment zum Anziehen!", rufe ich zurück und wühle schon durch den Kleiderstapel auf dem Sofa.

„Musst du dich denn wirklich anziehen?", beschwert sich Torben, der mich schon wieder begierig anstarrt.

Ich werfe ihm einen strengen Blick zu. „Auf jetzt - ich will dieses Schiff sehen. Oder bleibt hier, ich gehe jedenfalls."

Heftig stöhnend und protestierend ziehen sie sich schließlich alle an. Statt als Bären zu rennen, laufen wir jetzt auf zwei Beinen hinunter zum Strand, wo Bertrand das Schiff gesehen hat. Die Leute dort sind Menschen, sie sollen nicht wissen, dass sie es bei uns mit Wandlern zu tun haben.

Schon merkwürdig, dass ich die Bootsinsassen jetzt als andersartig betrachte. Bis vor wenigen Tagen war ich noch ein Mensch wie sie, aber jetzt bin ich eine neue Isla. Und habe mir bei der Gelegenheit einen ziemlich gespenstischen Bären zugelegt.

Ich bin kein Geist und kein Gespenst, protestiert Allis, aber ich gehe nicht darauf ein. Dazu finde ich das große Schiff, das in einiger Entfernung zur Küste vor Anker gegangen ist, viel zu aufregend. Es ist riesig, sogar größer als die Kreuzfahrschiffe, die ich als Kind vor der Großen Flut gesehen habe. Es muss Tausende von Menschen an Bord haben.

„Was wirst du ihnen zum Tausch anbieten?"

Arnold lächelt verschmitzt und deutet auf seinen großen Rucksack. „Batterien. Es gab hier mal eine Fabrik, die sie herstellte, und wir haben einen ziemlich großen Vorrat *requiriert*, als sie geschlossen wurde. Damit haben wir seit Jahren Tauschhandel getrieben. Früher haben wir auch Antibiotika angeboten, aber den Restbestand heben wir jetzt lieber für Notfälle auf. Die Batterien werden uns noch einige Jahre reichen, und dann müssen wir etwas anderes finden."

„Und woher stammten die Antibiotika?", frage ich verwundert. Auf Salvation Island zählten sie zu unserem kostbarsten Besitz, und wir hatten schon vor Jahren die letzten verbraucht. Stattdessen wandten wir uns wieder der Kräutermedizin zu, die aber längst nicht so wirksam war, wenn sie überhaupt Wirkung zeigte.

„Wir haben beide in einem Labor gearbeitet", erklärt Arnold. „Als immer klarer wurde, dass der Welt große Veränderungen bevorstanden, haben wir ... ähm ... einige Medikamente in Sicherheit gebracht."

„Gut gemacht". Er ist sichtlich erleichtert, dass ich ihn nicht wegen dieses Diebstahls verurteile. Damals herrschte das reinste Chaos, und ich bin mir sicher, diese Arzneien wären sowieso nie in einer Apotheke aufgetaucht.

Wir beobachten, wie ein kleines Boot zu Wasser gelassen wird und in unserer Nähe an den Strand rudert. Es ist nicht sehr groß, aber es befinden sich mindestens sechs Personen darin. Eine davon ist eine Frau mit leuchtend roten Haaren, die wie eine Fahne im Wind wehen. Ich kannte einmal jemanden mit ähnlichen Haaren, und die Erinnerung an sie trübt für einen Moment meine gute Stimmung. Es war Julie, meine beste Freundin und eine der Wenigen, die je von der Insel geflohen sind. Falls ihr die Flucht tatsächlich geglückt ist und sie nicht im Meer ertrank. Ich frage mich, was aus ihr geworden ist – und versuche mir einzureden, dass sie irgendwo glücklich auf einer Insel lebt, mit Freunden, vielleicht einem Partner oder sogar Kindern. Aber in der heutigen Welt ist das eher unwahrscheinlich.

Endlich hat das Boot beinahe das Ufer erreicht, und zwei der Männer springen heraus und ziehen es endgültig auf den Strand.

„Schön, euch wiederzusehen", ruft einer von ihnen und winkt Bertrand und Arnold zu. „Und ihr habt Zuwachs bekommen auf Inchbrach?"

„Ja, Verwandte aus dem Süden!", ruft Arnold zurück,

und ich frage mich, warum er uns als Verwandte bezeichnet. Will er damit sagen, dass wir wie er selbst Bärenwandler sind oder sollen die anderen nur nicht wissen, dass wir einfach Fremde sind, die sie bei sich aufgenommen haben?

Die Beiden kommen näher, während die anderen aus dem Boot klettern und den Strand hinaufwaten. Vier Männer und zwei Frauen, darunter das Mädchen mit den feuerroten Haaren. Aus der Nähe betrachtet ist sie viel jünger als von mir zunächst angenommen. Vielleicht fünfzehn oder sechszehn Jahre? Aber irgendetwas an ihr ist nicht stimmig. Sie sieht jung aus – aber auch wieder nicht. Ihre Augen sind die einer viel älteren Person, als hätten sie mehr gesehen, als eine Fünfzehnjährige je sehen sollte. Sie zieht prüfend die Luft ein und sieht mich dann geradewegs an. Sonderbar.

Sie ist nicht, was sie zu sein scheint, warnt mich Allis zu allem Überfluss.

„Was hast du heute für uns, Ben?", fragt Bertrand den Mann, der uns als erster begrüßt hat. Er ist groß und stämmig, allerdings nicht nur muskelbepackt, sondern auch mit einer gehörigen Portion Bauchfett ausgestattet. Ich habe lange keinen übergewichtigen Menschen mehr gesehen. Nicht seit der Großen Flut. Seither sind die Vorräte knapp, an vielen Orten gibt es nicht einmal genug zu essen.

Ich betrachte die anderen Männer und Frauen. Sie sehen alle gut genährt aus. Ganz anders als die Bewohner von Salvation Island, wo die Schneiderin ständig Kleider enger machen musste.

„Das Übliche", antwortet Ben und gibt den Männern hinter sich ein Zeichen, die Vorräte vom Boot zu holen. Während die Männer schwere Kisten und Metallkästen auf den Strand hieven, liest Ben die einzelnen Posten von einer Liste laut vor.

Es handelt sich größtenteils um Konservendosen, Trockennahrung wie Zucker und Mehl, einige Gewürze und Tee. Arnolds Augen leuchten, als Ben Jasmintee erwähnt, während Bertie sich leise beschwert, dass kein Earl Grey dabei ist. Die Beiden sind einfach süß.

„Und wir haben etwas weiter westlich auf einer verlassenen Insel ein paar Bücher gefunden."

Das lässt sie beide aufhorchen. Ben deutet auf eine Kiste, die seine Gefährten gerade auf dem Strand abgestellt haben.

„Seht sie euch an. Die kosten natürlich extra, aber wir werden uns schon einig werden."

Unsere Gastgeber stürmen sofort zu der Kiste und wühlen in den Büchern herum. Ich würde das auch zu gerne tun, habe aber nichts, was ich im Gegenzug anbieten könnte. Und wir nutzen die Großzügigkeit unserer Gastgeber sowieso schon zu sehr aus. Wenigstens konnten wir etwas frisches Fleisch zu unserem Unterhalt beisteuern. Allis ist eine hervorragende Jägerin, und meine Männer stehen ihr in dieser Beziehung nicht nach. Sie haben sich auch mit einigen Reparaturarbeiten rund ums Haus nützlich gemacht, die Bertrand und Arnold immer wieder aufgeschoben hatten. Ich konnte auch etwas beitragen, indem ich ihre Kleidung ausgebessert habe; das Nähen hat mir mein Vater beigebracht. Vor langer Zeit zwang er mich, die ‚Frauendinge‘ zu erlernen, also Nähen, Kochen, Stricken – und ich habe es gehasst. Es macht mir auch heute noch keinen Spaß, aber so kann ich den Bären gegenüber wenigstens meinen Beitrag leisten.

„Und was bringt euch denn nun auf die Insel?“, fragt Ben.

„Wir wollten nachsehen, ob es unseren Onkeln gut geht“, sagt Torben schnell. Er hat sich für uns schon eine Geschichte zurechtgelegt, denkt schließlich an alles. „Hatten lange nichts von ihnen gehört und beschlossen also, mal in den Norden zu gehen und sie zu überreden, mit uns zu kommen. Bis jetzt ohne Erfolg.“

Ben lacht lauthals. „Die werdet ihr nicht von dieser Insel wegbringen. Wir versuchen seit Jahren sie zu überreden, mit uns aufs Schiff zu kommen, aber sie weigern sich standhaft.“

Torben bleibt seiner Linie treu. „Ja, sie sind halt Sturköpfe. Aber wir wissen jetzt wenigstens, dass es ihnen gutgeht.“

„Gut – wollt ihr auch etwas eintauschen?“

Torben zuckt mit den Schultern. „Wir haben nichts dabei, was für euch von Interesse sein könnte. Aber danke für das Angebot.“

Ich finde es allmählich merkwürdig, dass Ben der einzige seiner Mannschaft ist, der mit uns spricht. Die anderen Drei stehen hinter ihm, offensichtlich nicht an der Unterhaltung interessiert. Auch der Frau geht es wohl so, sie untersucht ihre Fingernägel. Einzig das Mädchen sieht uns mit unverhohlener Neugier an.

Unsere Blicke treffen sich, und sie lächelt. Mir läuft

ein Schauer über den Rücken. Was stimmt mit mir denn nicht? Das ist doch nur ein junges Mädchen, das freundlich sein will und ich habe .... Angst?

Vertrau deinen Instinkten. Die bringt Unheil.

Wie denn das? Sie werden doch bald wieder fahren, dann ist sie auch wieder weg.

Ich weiß nicht, aber ich glaube, sie irgendwoher zu kennen. Mir gefällt das nicht.

Bertrand und Arnold kommen zu uns, die Arme voller Bücher.

Ben lächelt, aber die Gier blitzt jetzt aus seinem Blick.

„Das sind aber viele. Also, ich schlage vor, ihr nehmt die ganze Kiste für 200 von den kleinen Batterien."

„Abgemacht", stimmt Arnold sofort und ohne weiteres Feilschen zu. Ich sehe ihn neugierig an. Er schien mir niemand zu sein, der so ohne weiteres und ohne ernsthafte Verhandlungen auf den ersten besten Vorschlag eingeht. Er legt die Bücher zurück in die Kiste, die ja nun wohl ihm gehört, lässt dabei aber ein schmales Büchlein mit einem Lächeln in seine Jackentasche gleiten.

Dann klopft er zufrieden auf diese Jackentasche. „Lesestoff für später", sagt er zu Ben gewandt, wirft aber Bertie einen bedeutsamen Blick zu. Dieses Buch muss etwas Besonderes sein.

KAPITEL ZWEI

Wir erfahren bald nachdem die Händler wieder fortgezogen sind und wir wieder in unserer warmen Wohnstube sitzen, was es mit diesem besonderen Buch auf sich hat. Ich bin froh, dass die anderen wieder fort sind, es fühlte sich irgendwie merkwürdig an, plötzlich Fremde auf der Insel zu haben. Besonders dieses Mädchen. Allein beim Gedanken an sie zieht sich in meinem Innern etwas zusammen.

„Es handelt von Bären", erklärt Arnold, sobald wir uns gesetzt haben. „Das sind die Ursus-Chroniken."

Vielleicht waren wir heute Morgen gar nicht wegen der Händler so aufgeregt. Vielleicht hatte es mit diesem Buch zu tun.

„Aber die wurden doch nie gedruckt", meint Bertrand skeptisch. „Sie wurden von Bär zu Bär weitergegeben, von den Eltern an die Kinder. Deshalb gingen sie im Laufe der Zeit verloren, und sind heute nur noch als Fragmente erhalten. Es war schließlich zu gefährlich, sie aufzuschreiben.“

„Deshalb hat man sie ja auch versteckt“, grinst Arnold und zeigt uns den Einband des Buchs. Da muss ich laut loslachen.

„Die Drei Kleinen Bären? Im Ernst jetzt?“

Ich bin nicht die Einzige, die das sehr lustig findet. Meine Männer versuchen, das Lachen zu unterdrücken, nur Finn kann sich kaum beherrschen und liegt vor lauter Kichern schon fast am Boden.

Bertrand nimmt seinem Partner das Buch aus der Hand und öffnet es zweifelnd. Seine Augen werden immer größer vor Staunen, als er durch die Seiten blättert.

„Das ist genial. Keiner würde je vermuten, dass diesem Buch ein Code zugrunde liegt.“

„Ein Code?“, fragt Húnn, und Bertrand gibt ihm das Buch. Húnn zieht die Stirn in Falten, während er die erste Seite liest. „Mir fällt nichts auf. Ist nicht gerade gut geschrieben, aber es ist ganz klar die Geschichte der drei Bären, wie sie mir meine Großmutter vorgelesen hat.“ Er wird ein bisschen rot.

„Lies mal jedes dritte Wort.“

„Die ... Bären ... Buch ... der .... erste ... Bär ... war ... Sohn ... von ... Name ... ist ... an ... Callisto!“

Ich bin in dem Buch! ruft Allis triumphierend in meinem Kopf.

„Es wird ewig dauern, das zu entziffern“, knurrt Húnn. „Und von Grammatik keine Spur.“

„Gib mal her“, meint Ràn an seinen Bruder gewandt. „Ich mach's schon, brauche nur ein Stück Papier.“

Wir sehen ihn überrascht an. Unser stiller Brummbär blättert interessiert in dem Buch, und ein Lächeln spielt um seine Lippen.

Bertie holt Stift und Papier von einem Tisch in der Ecke und reicht sie Ràn, der schon tief in Gedanken versunken ist.

„Lassen wir ihn mal machen", empfiehlt Torben, nein, eigentlich ist das ein Befehl. „Isla, wie wär's mit einem kleinen Sprint?"

Aber immer doch.

Ich übergebe an Allis und sitze sozusagen auf dem Beifahrersitz, als wir über den frischen Schnee stieben, der die Hügel ziert. Bald wird es Frühling sein, ich genieße den Schnee also, solange er noch liegt. Der Winter scheint sich ewig hinzuziehen. Und so viel ist geschehen. Die Flucht von Salvation Island, das Treffen mit den Männern und dann die gewaltige Veränderung, die mich zur Bärenwandlerin machte. Allis nicht zu vergessen. Sie hat mir in den vergangenen Tagen etwas mehr von sich erzählt. Wie sie ursprünglich ein Mensch war und bei den Göttern lebte. Das will mir nicht so recht in den Sinn. Ich war noch nie sehr religiös; mein Onkel war der Einzige, dem wir zu dienen und den wir zu fürchten hatten. Und dann zu hören, dass es Götter wirklich gibt ... oder gab... das ist für mich schwer zu glauben. Damals, als Allis noch richtig am Leben war, da lebten diese Götter mitten unter den Menschen, also zumindest den Höhergestellten.

Artemis, die Göttin der Jagd, war damals ihre beste Freundin.

Zuerst habe ich Allis nicht geglaubt, aber dann hat sie mir ihre Erinnerungen gezeigt. Und da habe ich zum ersten Mal Zauberei gesehen. Oder göttliche Macht, wenn man so will. Die Pfeile der Artemis waren nicht aus Holz, sondern aus Licht gemacht und verfehlten nie ihr Ziel.

In Allis' Erinnerungen kamen noch andere Götter vor, aber Artemis hob sich von allen anderen ab. Ich glaube, die Beiden verband mehr als nur Freundschaft, aber Allis will nicht darüber reden. Genauso wenig wie über Raoul, den Mann, den sie liebt. Offenbar lebt er noch, aber das ist alles, was ich weiß. Obwohl sie sonst so gesprächig ist – aber Fragen nach ihm beantwortet sie einfach nicht.

„Allis?", frage ich sie mental. Ist ein merkwürdiges Gefühl. Ich bin momentan nicht in meinem Körper, kann ihn aber spüren. Meinen menschlichen Körper und gleichzeitig Allis' Bärengestalt. Wahrscheinlich könnte ich jetzt auch die Bärenrolle übernehmen, wenn Allis das zuließe. Wir sind oft genug miteinander gelaufen, ich weiß also, wie das mit den vier Pfoten funktioniert.

Ja?

„Du hast gesagt, dass die Götter früher einmal auf der Erde wandelten, und das vielleicht immer noch tun", setze ich unsere frühere Unterhaltung fort. „Aber was ist mit den Moiren?"

Sie nicht.

Ich warte, ob noch etwas kommt, aber sie schweigt. „Kannst du das näher erklären?"

Ich weiß es nicht, gibt sie zu. *Bevor ich zu dir*

geschickt wurde, haben sie mit mir gesprochen, aber ich habe sie nie gesehen. Selbst dort in Griechenland gab es nur Gerüchte über sie. Wir wissen, dass es sie gibt und was sie tun, aber das ist alles. Und wir wissen, dass sie manchmal Unheil anrichten. Wie mit den Bärenwandlern.

„Du bist also sicher, dass das ihr Werk ist?"

Ja, sie haben das mehr oder weniger zugegeben, bevor sie mich mit dir verbunden haben. Sie haben mich losgeschickt, damit ich den von ihnen angerichteten Schaden wiedergutmache. Sie haben mit den Schicksalsfäden der Bärenwandler Unfug getrieben, weshalb keine Bärenjungen mehr geboren werden. Aber keine Ahnung, was ich dagegen tun kann.

„Können sie das nicht selbst wieder in Ordnung bringen?"

Weiß nicht. Entweder sie können oder wollen nicht. Vielleicht ergötzen sie sich auch nur an meinen Bemühungen in dieser Hinsicht. Halten das alles für einen guten Witz. Aber ich habe schließlich den ersten Bärenwandler geboren und werde dafür sorgen, dass es wieder Junge gibt."

„Klingt nicht, als ob die sehr sympathisch wären."

Das wollen sie wahrscheinlich auch gar nicht sein. Wenn du schon so lange gelebt hättest wie sie und immer nur Schicksalsfäden spinnen und durchschneiden müsstest, würdest du sicher auch alles tun, um der Langeweile zu entfliehen.

„Mir gefällt aber die Vorstellung trotzdem nicht, dass sie alle Entscheidungen über uns treffen. Alles für uns vorbestimmen. Das ist nicht richtig. Man sollte uns dabei eine Wahl lassen."

Erinnerst du dich, als ich dir gesagt habe, dass es manchen Leuten gelingt, ihre Fäden selbst durchzuschneiden und ihr eigenes Schicksal zu bestimmen? Ich denke schon, dass das möglich ist. Wenn man herausfindet, wie es geht. Vielleicht brauchen wir genau das. Jemanden, der nicht an ihren Willen gebunden ist.

Ich kichere. "Ich glaube nicht, dass es Torben gefallen würde, nicht Herr seines Schicksals zu sein."

Allis lacht. *Genauso wenig wie seinem Bären. Die beiden sind sich sehr ähnlich.*

Das gefällt mir an ihm. Er kann ganz schön stur sein, aber er ist stark und zuverlässig. Nimmt gern die Beschützerrolle ein. Und er gehört zu mir.

Ich beobachte durch Allis' Augen, wie Torben durch den Schnee sprintet und sein weißes Fell fast mit der Umgebung verschmilzt. Wahrscheinlich sieht Allis auch so aus. Ihr Fell ist sogar noch weißer als seines. Die beiden anderen laufen uns hinterher, ich kann ihren Atem hören, sie versuchen dranzubleiben. Allis ist schnell, aber Torben ist zu stolz, die Führung an sie abzugeben. Also tut Allis vorläufig so, als sei er wirklich schneller als sie. Sie will wohl nicht die Führungsrolle übernehmen, jedenfalls noch nicht. Solange alle anerkennen, dass sie die älteste und klügste ist. Und das tun sie. Schließlich versäumt sie keine Gelegenheit, sie daran zu erinnern.

Ich bin immerhin ihr weibliches Gegenstück. Sie müssen wissen, wer hier das Sagen hat.

"Jetzt lies nicht immer meine Gedanken!"

Dann denk halt nicht so laut!

Wir müssen beide lachen. Ist schließlich nicht das erste Mal, dass wir einen solchen Wortwechsel haben.

Vielleicht schaust du jetzt lieber weg.

Oh nein, nicht schon wieder! Da vorne läuft ein Hase vor uns davon.

Mittagessen.

„Dann bring's wenigstens schnell hinter dich."

Ich habe mich noch nicht ans Jagen und Töten gewöhnt. Klar müssen die Bären sich von etwas ernähren, und da es auf der Insel keine anderen Raubtiere gibt, wartet eine Fülle von Beutetieren geradezu darauf, von ihnen gefressen zu werden. Trotzdem – das ist halt eine blutige Angelegenheit. Dieses Knirschen, wenn ihre Zähne die Knochen der Opfer zermalmen ... sehr gewöhnungsbedürftig!

Ich schaue also lieber nicht durch Allis' Augen, als sie den Hasen erlegt. Bei ihr sieht das Jagen so leicht aus. Die anderen Bären haben noch nichts gefangen, aber darum geht es bei diesem kleinen Ausflug ja auch nicht. Wir wollen nur draußen sein, uns den Wind durch den Pelz wehen lassen, den Schnee unter den Tatzen spüren, die Lungen mit frischer Luft füllen. Einfach Bär sein.

Ich wandele mich vor den Männern und gehe zurück ins Haus, noch immer nackt. Ich mache mir nicht die Mühe, mir etwas vorzuhalten. Sie wissen schließlich alle, wie die nackte Isla aussieht.

Wir sind an dem Tag, an dem ich zu Arnold und Bertie zurückkehrte, in das Haus im Dorf gezogen. Wir wollten einen Platz für uns haben, aber auch nicht zu weit von den Beiden entfernt wohnen, deshalb bot sich die kleine Hütte an, die ich zuvor eine Weile alleine bewohnt hatte. Wir müssen noch einige Arbeit hineinstecken und sie auch gründlich putzen, aber dieser Ort fühlt sich allmählich wie ein Zuhause an. Und wenn wir erst einmal ein Bett haben, in dem wir alle fünf Platz finden, wird es erst richtig schön. Im Moment tut es der Boden des Wohnzimmers auch.

Húnn folgt mir ins Schlafzimmer. Während ich vor dem Kleiderschrank stehe und mich nur schwer entscheiden kann, was ich anziehen soll, legt er seine Arme um meine Taille.

„Du hast schön ausgesehen, als du so dahingelaufen bist. Aber jetzt bist du sogar noch schöner...“

Er lässt seine Lippen meine Schulter entlangwandern, eher ein Hauch auf meiner Haut als ein richtiger Kuss.

„Hör auf, oder ich kann mich nie richtig anziehen.“, kichere ich, drücke mich aber fester in seine Umarmung.

„Dann lass es halt. Ràn wird noch eine Weile brauchen, bis er das Buch entziffert hat, wie könnten wir die Zeit also besser nutzen?“

Er fährt mit seinen Zähnen über meine Haut, was mich erzittern lässt.

„Ein gutes Argument“, flüstere ich. „Du meinst also, ich sollte mit dir hierbleiben?“

„Genau das.“

Seine Stimme klingt heiser, und sein Schwanz presst hart gegen meinen Rücken. Eigentlich gut, dass wir beide schon nackt sind, sonst müsste ich ihm jetzt mit den Krallen die Kleider vom Leib reißen, und das könnte wehtun. Allis und ich arbeiten noch daran, eine Teil-Wandlung wirklich hinzubekommen.

„Na, dann bleibe ich wohl besser."

Ich drehe mich zu ihm um und küsse ihn, bevor er noch ein weiteres Wort sagen kann. Er lässt mich freudig ein, stößt verspielt mit seiner Zunge nach meiner, als ich meinen Mund öffne. Er legt seine Hände auf meine Hüften und zieht mich enger an sich heran, sein Prachtstück reibt gegen meinen Bauch. Er ist bereit, und den kleinen Blitzen in meiner unteren Abteilung nach zu urteilen bin ich es auch.

Wir unterbrechen unseren Kuss, um tief Atem zu holen, und er nutzt die Gelegenheit, mich in seinen Armen aufs Bett zu tragen. Diesmal ist es groß genug für uns beide.

Húnn legt mich auf den Rücken und spreizt sanft meine Beine auseinander, bevor er sich zwischen sie kniet. Ich beobachte ihn erwartungsvoll, wie er seinen Kopf senkt und – nichts tut. Er hält knapp über meinem Hügelchen inne, ich spüre seinen Atem auf meiner erregten Haut. Ich knurre, und er lacht.

„Ungeduldig, kleine Bärenfrau?"

Woraufhin ich wieder knurre und nach seinem Kopf greife. Ich drücke ihn zwischen meine Beine, bis seine Zunge endlich da ist, wo sie hingehört. Gehorsam beginnt er mich zu lecken, und ich lasse mich zurücksinken und von köstlichen Schwingungen überwältigen. Er weiß genau, wie er vorzugehen hat, lecken, saugen, züngeln. Ich stöhne und bäume mich auf, bevor ich's mich versehe.

Er umfasst meine Oberschenkel und zieht sie noch weiter auseinander, hat jetzt noch besseren Zugang. Seine Zunge reicht jetzt dichter an meine Öffnung, umkreist sie sanft. Mehr, mehr, ich will ihn in mir spüren. Ganz tief.

Plötzlich hört er auf, und ich will mich gerade beschweren, als er seine Zähne gegen meinen rechten Oberschenkel presst. Ich erstarre, habe keine Ahnung, was er vorhat.

Er beißt mich, und die Mischung aus Schmerz und Wollust lässt mich aufkeuchen. Er leckt die wunde Hautpartie, die jetzt mit Sicherheit seinen Zahnabdruck zeigt. Ich stöhne erneut, will ihm zeigen, wie sehr ich das mag. Er fasst dies als Einladung auf, mich etwas weiter unten noch einmal zu beißen.

Seine Zähne fühlen sich scharf an und sind mit Sicherheit nicht mehr rein menschlich. Saugt er schon mein Blut ein? Ich glaube nicht. Biss um Biss arbeitet er sich weiter vor zu meinem Innersten. Ich winde mich, seine Bisse reizen mich aufs Äußerste. Hätte nie gedacht, dass mich so etwas anmacht, aber Húnn zeigt mir gerade, dass dem so ist.

Schließlich ist auch seine Zunge wieder im Spiel und berührt mich an meiner empfindlichsten Stelle. Mein Stöhnen verwandelt sich in Knurren, als er sie nur kurz berührt, bevor er sich aufrichtet und den Rücken streckt.

Dafür gibt es nur eine einzige Entschuldigung – und ja... Sein Schwanz begehrt schon Einlass, und mit einem gezielten Stoß fühle ich ihn in mir.

Ich schreie auf, als er sich in mir bewegt, halte ihn umklammert, bis wir beide gleichzeitig kommen und vereint sind in dieser Glückseligkeit, die uns auseinanderzureißen droht und uns wieder neu zusammenfügt.

KAPITEL DREI

„Sind wir jetzt so mit einander verbunden wie Torben und ich es sind?"

Ich liege in seiner Umarmung, meinen Kopf an seine Brust geschmiegt. Müde, aber glücklich.

Húnn lächelt. „Möchtest du das denn?"

Ich lasse meine Hände über seine beeindruckenden Bauchmuskeln gleiten und widerstehe der Versuchung, über seine Haut zu lecken. Jetzt denke mal wieder wie ein Mensch, Isla, nicht wie eine Bärin.

„Ich glaube schon. Ich möchte mit euch allen verbunden sein, nicht nur mit einem. Ihr seid meine Rotte — obwohl wir dieses Wort wirklich durch ein schöneres ersetzten müssen."

Er gluckst amüsiert. „Was schlägst du vor?"

„Weiß noch nicht. Ich sag dir Bescheid, wenn mir etwas einfällt. Aber sind wir jetzt miteinander verbunden oder nicht?"

Sein Lächeln nimmt einen etwas ernsteren Ton an.

„Ich glaube nicht. Dafür müssten wir vom Blut des anderen trinken. Aber das können wir uns ja für ein Andermal aufheben.“

Mir gefällt, dass er schon das nächste Mal im Sinn hat. Meine Nippel stellen sich bei dem Gedanken sofort wieder auf, aber die Vernunft sagt mir, dass wir jetzt doch wieder zu den anderen gehen und mehr über dieses merkwürdige Buch herausfinden sollten.

„Das gefällt mir. Also nächstes Mal.“

Ich stehe seufzend auf, vermisse schon jetzt seine Berührungen. Vor dem Kleiderschrank muss ich lachen – deshalb war ich schließlich ins Schlafzimmer gekommen, um etwas anzuziehen, nicht um mit Húnn meine Nacktheit zu genießen.

Ich ziehe schnell ein einfaches Shirt und eine Leinenhose über; da ich die Kälte nicht mehr wie früher spüre, kann ich anziehen, was ich will, trotz der eisigen Temperaturen. Dann folge ich dem ebenfalls bekleideten Húnn nach unten ins Wohnzimmer. Finn sitzt am Feuer und liest.

„Wo sind denn die anderen?“, frage ich und setze mich neben ihn.

„Ràn ist noch bei Bertie und Arnold, und Torben hackt draußen Holz“. Er grinst vielsagend. „Hattet ihr Spaß miteinander?“

Ich werde rot und lächele Húnn an, der sich leicht räuspert. Ist er etwa auch verlegen? Ich muss mich noch daran gewöhnen, dass ich mit allen Vieren zusammen bin, und keiner von ihnen dem anderen etwas missgönnt.

„Hatten wir. Was liest du denn da?“

Jetzt steigt ihm die Röte in die Wangen. Er reicht mir das Buch, und ich muss lachen.

„Stolz und Vorurteil?"

„Die Auswahl ist hier nicht groß, hier haben wohl nur Frauen gewohnt. Eine Fundgrube an Liebesromanen aller Art."

Er schüttelt sich vor gespieltem Entsetzen. „Aber sollten wir nicht besser rübergehen und uns mit einem interessanteren Buch beschäftigen? Vielleicht ist Ràn jetzt fertig."

Bertie hat schon Tee gemacht, als wir Drei bei ihm auftauchen.

„Ich wollte euch gerade holen. Er ist fertig."

Ràn sitzt vor einem Stapel Papier und macht einen erschöpften, aber glücklichen Eindruck. Ich lasse mich neben ihn aufs Sofa fallen und bin total aufgeregt. Wenn alle hier so viel Aufhebens machen von dem Buch, muss es wohl wichtig sein. Vielleicht bringt es uns unserem Ziel etwas näher. Da sind wir schließlich noch nicht weit vorangekommen. Wir haben Inchbrach gefunden, aber das war's auch schon. Wenn es hier ein großes Geheimnis zu lüften gegeben hätte, wäre das Arnold und Bertie nicht entgangen. Sie haben die Insel auf der Suche nach Tauschwaren schließlich jahrelang erkundet. Vielleicht war es das Schicksal, das uns dieses Büchlein in die Hand gespielt hat. Oder eine der Schicksalsgöttinnen.

Wir setzen uns alle mit unseren Teetassen hin und sehen Ràn erwartungsvoll an.

„Ich habe die Grammatik größtenteils verbessert", beginnt er zögernd, „aber den Inhalt nicht verändert. Aber zunächst mal, Isla, könntest du Allis fragen, ob sie weiß, was mit ihrem Sohn geschehen ist?"

Allis, hast du zugehört?

Stille.

Allis?

Er ist tot.

Das tut mir leid. Wie ist er gestorben?

Heras Werk. Als sie erfuhr, dass Zeus, ihr Ehemann, einen Sohn mit mir gezeugt hatte, ließ sie nach ihm suchen. Sie ist eifersüchtig und ertrug den Gedanken nicht, dass Zeus ihr nicht treu gewesen war. Sie hat im Laufe der Jahre viele Frauen und ihre Kinder umbringen lassen. Aber Zeus nahm sich weiterhin Geliebte, ihr Schicksal interessierte ihn nicht. Sie hat Arkas nur wenige Jahre nach mir getötet. Damals war er schon König von Arkadien und hatte eine Frau und Kinder, die Vorfahren aller heutigen Bärenwandler.

Er lief als Bär umher, und sie ließ ihn durch einen Jäger töten. Sie hat es nicht einmal selbst getan. Zeus war doch ziemlich schockiert über den Tod seines Sohnes und beschloss, ihm ein Denkmal zu setzen. Wenn ihr zum Nachthimmel hochschaut, seht ihr ihn dort. Es ist der Kleine Bär. Und da er mich auch für tot hielt, fügte er mir zu Ehren noch den Großen Bären hinzu. Der Scheißkerl.

Ich warte ab, ob sie noch etwas hinzufügen möchte, aber als dem nicht so ist, berichte ich den anderen.

„Von nun an werde ich die Sternenbilder mit anderen Augen sehen", murmelt Torben, und die anderen nicken.

„Er ist nicht tot", sagt Ràn plötzlich, und wir starren ihn überrascht an. „Wenigstens nicht ganz."

„Ist er wie Allis? Ein Geist?"

Ich bin kein Geist, protestiert sie, aber ich beachte das nicht weiter.

„In dem Buch steht dazu nichts Genaueres, aber ich glaube, das könnte sein." Ràn blättert in den Seiten. „Das ist eine sehr blumige Sprache, da heißt es zum Beispiel ‚Erinnerungen werden auf die Erde zurückgeholt'. Für mich klingt das so, als habe jemand – der Name wird nicht erwähnt – den Kleinen Bären um Hilfe gebeten, als er in Schwierigkeiten war, und der ‚Bär kam vom Himmel herab'."

Was ist geschehen? Allis schreit jetzt beinahe in meinem Kopf.

Geduld, das erklärt er uns bestimmt gleich.

„Es stellte sich dann heraus, dass der Mann gar nicht in Schwierigkeiten steckte, sondern sich nur die Stärke des Bären zu eigen machen wollte. Er wurde gewalttätig und ein richtiger Tyrann, unterjochte seine Mitmenschen und machte sie zu Sklaven. Aber er musste langsam vorgehen, denn *ein* Bärenwandler war nicht genug. Er begann, so viele Menschenfrauen zu schwängern, wie er konnte, um so genug Wandler zu erschaffen und dann seine Pläne umzusetzen. Irgendwie wurde er gestoppt – im Buch stehen auch hierzu keine Einzelheiten – und die Geschichte dient als Warnung, dass man seine übernatürlichen Kräfte nicht einsetzen soll, um über andere zu herrschen. Hört sich an wie die Moral am Ende einer Fabel."

„Klingt für mich wie ein Haufen Blödsinn", murrt Húnn. „Zeus soll Sternenbilder geschaffen haben? Und dann wird jemand zum Bärenwandler, weil er einen vor langer Zeit gestorbenen Bären bittet, zu ihm zu kommen? Das hört sich für mich wie ein Märchen an, nichts weiter."

„So hätte ich das auch gesehen, bis ich auf die Notiz am Ende des Buchs gestoßen bin." Ràn zeigt uns die letzte Buchseite, die mit zierlicher Handschrift bedeckt ist. Da hat jemand mit Kugelschreiber geschrieben, das kann also nicht so lange her sein. „Da steht das Datum von gestern".

„Was?", fragt Arnold überrascht. „Wie kann das sein?"

Bertie bedeutet Ràn, ihm das Buch zu reichen. „Das muss jemand auf dem Handelsschiff geschrieben haben. Aber das würde ja bedeuten..."

„Dass einer von ihnen ein Wandler ist. Genau. Oder jemand, der viel über uns weiß", bestätigt Ràn. „Auch, dass wir Bären sind. Sonst hätte er nicht riskiert, das hier zu schreiben."

„Was steht da?", will Torben von Bertie wissen, der die Seite gerade studiert.

Der räuspert sich und beginnt zu lesen. „Er schnitt seinen Faden durch. Die Ladies konnten ihn nicht mehr berühren, also verhinderten sie zumindest, dass er seinen Samen weitergeben konnte. Sie konnten aber zwischen den Bären nicht unterscheiden. Keine Nachkommen mehr. Jetzt brauchen sie jemanden, der den Faden wieder anknüpft. Treffpunkt Strand bei Sonnenuntergang."

„Noch mehr Scheiß. Das wird mir doch zu blöd.

Könnten wir uns bitte wieder dem wirklichen Leben zuwenden?" Húnn verschränkt die Arme vor der Brust. Ich würde ihm gern zustimmen, aber nachdem ich mit Allis gesprochen und ihre Erinnerungen gesehen habe, halte ich mehr oder weniger alles für möglich. Ich kann mich schließlich in einen Bären verwandeln. Damit steht es mir wohl nicht länger zu, ein Urteil zu fällen, ob etwas real ist oder nicht.

„Auf der Insel gibt es nicht gerade wenige Strände. Hätte der Verfasser nicht etwas genauer sein können?", beschwert sich Torben.

„Ich vermute, es ist die Stelle, wo wir heute Morgen die Händler getroffen haben", antwortet Arnold. „Du meinst also, wir sollten hingehen? In einer Stunde geht die Sonne unter."

Torben zuckt mit den Schultern. „Wenn niemand kommt, sind wir nicht schlauer, aber auch nicht dümmer als zuvor. Und wenn jemand Übles im Schilde führt, sind wir schließlich zu siebt. Da kann kaum etwas schiefgehen."

Húnn schüttelt frustriert den Kopf. „Ihr glaubt das doch nicht im Ernst! Wir sollten uns auf die reale Welt konzentrieren und nicht einen mysteriösen Bärengeist und die Moiren."

Allis knurrt, und ich bin aufgesprungen, bevor mir das richtig klar wird.

„Isla, deine Krallen", warnt mich Finn, und ich sehe auf meine Hände. Verdammter Mist, ich dachte, ich hätte die jetzt unter Kontrolle.

Allis tobt in meinem Kopf, ich kann sie nur mit Mühe beschwichtigen.

Sag ihm, er soll sich entschuldigen, befiehlt sie wütend.

„Sie will, dass du dich entschuldigst", erkläre ich. „Sie meint, du hättest ihren Sohn beleidigt."

Húnn hebt beschwörend die Hände. „Das hatte ich keinesfalls im Sinn. Bis vor kurzem hat sie ihn doch für tot gehalten. Und wenn an der Geschichte was dran ist, sollte sie dankbar sein, wenn dem tatsächlich so ist. Es kann doch nicht gerade angenehm sein, von den Toten zurückgeholt zu werden, um so einem üblen Zeitgenossen zu dienen."

Allis wird sehr still. Dann ist da nur noch Verzweiflung, abgrundtiefe Verzweiflung, die durch unsere Verbindung zu mir aufsteigt und mir Tränen in die Augen treibt. Ich habe mich wohl noch nie im Leben so traurig gefühlt. Ich sinke zu Boden, Tränen strömen mir über die Wangen. Die Grenze zwischen Allis und mir verschwimmt immer mehr, ihre Gefühle werden zu meinen.

Ihr Sohn, unser Sohn leidet.

Ich würde sie gern trösten, aber ihr Kummer ist jetzt auch meiner. Was es mir nicht möglich macht, ihr Trost zu spenden. Ich bin so traurig. Selbst das Atmen fällt mir immer schwerer. Das Leben ist hart, die eigene Existenz. Ich habe jetzt schon so lange gelebt, und alles ist nur noch ein Meer von Traurigkeit.

„Isla, du musst sie ausschließen."

Da ist eine Stimme dicht an meinem Ohr. Torben. Er legt mir die Hand auf die Schulter, und durch den Schleier und mein Schluchzen kann ich die Verbindung zu ihm spüren. Das ist wie ein Lichtstrahl in der Dunkelheit, ein Seil in diesem Meer der Verzweiflung, das er mir zuwirft, um mich aus Allis' Sumpf der Traurigkeit herauszuziehen, zurück in meinen eigenen Verstand. Sobald ich spüre, dass die Distanz zwischen Allis und mir wieder hergestellt ist, errichte ich mentale Schranken, schließe sie weitestgehend aus meinem Geist aus.

Ich knie mich hin und sinke in Torbens Arme.

„Sie ist so traurig", flüstere ich. „Aber es gibt kaum Worte, mit denen ich sie trösten könnte."

Er reibt mir sanft den Rücken, und ich gebe mich gern dem guten Gefühl hin, das er damit in mir auslöst. Die anderen sagen nichts, lassen uns in Ruhe. Langsam normalisiert sich meine Gefühlswelt wieder. Mir tut Allis zwar immer noch leid, aber dies ist *mein* Gefühl, nicht ihres.

Als ich mich aus Torbens Umarmung löse, merke ich, dass Húnn nicht länger bei uns im Zimmer ist.

„Wo ist er hingegangen?"

„Er hatte Angst, Allis noch mehr zu reizen, deshalb ist er rausgegangen. Soll ich ihn wieder reinholen?"

Ich nicke. Schließlich hat Húnn nur seine Skepsis gegenüber all dem ausgedrückt. Und vieles hätte ich genauso gesehen wie er, wenn ich zuvor nicht mit Allis' sonderbaren Erinnerungen konfrontiert gewesen wäre.

Ich setze mich neben Ràn aufs Sofa, der zögernd seinen Arm um meine Schultern legt. Ich lehne mich an ihn und atme seinen Duft ein. Selbst bevor ich zum Wandler wurde, hatte ich schon die unterschiedlichen Gerüche jedes einzelnen von ihnen bemerkt, aber jetzt hat sich das noch weiter verstärkt. Ich kann sie sogar aus dem Nachbarzimmer riechen – und nicht auf unangenehme

Art. Sie stinken schließlich nicht. Ich muss lachen. Was sie wohl sagen würden, wenn sie wüssten, dass ich gerade über ihren Eigengeruch sinniere?

Húnn kommt zurück und lächelt mich unsicher an.

„Ist schon gut, war nicht deine Schuld", beruhige ich ihn und klopfe auf den freien Platz neben mir auf dem Sofa, damit er sich dort hinsetzen soll. Ich sitze gern zwischen den Brüdern. Das macht meine Eierstöcke immer richtig glücklich.

„Ich werde versuchen, für alles offen zu sein", sagt er nur, und das ist für mich in Ordnung. Er legt einen Arm um meine Taille, und damit ist wieder alles gut. Mal abgesehen von dem gedämpften Wehklagen in meinem Kopf. Allis weint noch immer. Ich hör nicht hin, das hilft uns nicht weiter.

„Ihr seid also alle einverstanden, dass wir an den Strand gehen und uns überraschen lassen?", frage ich, und alle nicken. Sogar Húnn.

Ich zögere ein wenig, bevor ich meinen Verdacht ausspreche. „Dieses Mädchen, das da heute Morgen mit den Händler ankam. Sie war so merkwürdig, schien nicht richtig zu ihnen zu gehören. Und ihre Augen... irgendwie fand ich die gruselig."

„Die Rothaarige?", fragt Finn, und ich bestätige mit einem Nicken. „Mir ist an ihr nichts Besonderes aufgefallen, nur ihre tollen Haare."

Ich knurre.

„Natürlich nicht so tolle wie deine", fügt er schnell hinzu.

„Außer den Haaren, ist euch nichts an ihr

aufgefallen?", frage ich, aber ich scheine mit meiner Vorahnung ziemlich allein dazustehen. „Also ich glaube, sie ist diejenige, die uns treffen will."

„Das Mädchen? Die war doch höchstens fünfzehn Jahre alt!", meint Bertie skeptisch.

„Ja, schon, aber ihre Augen – die schienen mir viel älter zu sein. Ich weiß nicht, wie ich das beschreiben soll, aber... jedenfalls wette ich, dass sie es ist."

„Na, das werden wir ja bald sehen. Nur noch zwanzig Minuten bis zum Sonnenuntergang, wir sollten losgehen", sagt Arnold nach einem Blick auf die Uhr.

Ich verlasse zwar ungern meinen warmen Platz zwischen den beiden Bären, bin aber sehr gespannt auf dieses Treffen. Also los, kann nur schiefgehen.

KAPITEL VIER

Als wir am Strand ankommen, ist niemand zu sehen. Rechts von uns geht gerade die Sonne unter und taucht die sanft an den Strand rollenden Wellen in wunderschöne Orangetöne. Weit draußen liegt das Handelsschiff vor Anker, ein Beiboot ist nicht in Sicht. Sieht nicht so aus, als ob vom Schiff jemand übersetzen würde, aber vielleicht verspätet sich derjenige ja auch.

Torben scheint sich gegen eine mögliche Bedrohung zu wappnen. Seiner Körperhaltung nach zu urteilen ist er jederzeit bereit sich zu wandeln. Die Bärenbrüder tun es ihm gleich, nur Húnn und ich nicht. Allis wird sich mit Sicherheit in den Vordergrund drängen und eine Wandlung herbeiführen, wenn es nötig werden sollte. Sie kann das schneller als die Männer, und sie ist es schließlich, die den Prozess steuert. Ich selbst muss mich ihr nur öffnen und sie das Ruder übernehmen lassen. Das geht mir zwar immer noch total gegen den Strich, funktioniert aber. Und ich erwarte schließlich auch, dass sie mir in menschlicher Gestalt die vollständige Kontrolle überlässt; dann tue ich das besser auch ihr gegenüber, wenn wir ein Eisbär sind.

Ich muss lachen. Jau, gelegentlich sind wir ein Eisbär. Das Leben schlägt Kapriolen…

„Ja, tut es", sagt eine melodische Stimme hinter uns. Erschrocken fahre ich zusammen. Es ist das Mädchen von heute Morgen, wie ich vermutet hatte. Sie sieht genauso aus, nur ihre grünen Augen glühen jetzt. Wie Katzenaugen, die von Lichtstrahlen getroffen werden. Gruselig.

Torben stellt sich schützend vor mich. Dummerjan, ich kann mich schließlich selbst verteidigen. Ich spüre, wie Allis alles genau beobachtet, dicht unter der Oberfläche, bereit zum Sprung.

„Danke, dass ihr gekommen seid", sagt das Mädchen und sieht uns neugierig an. Was sie noch gespenstischer erscheinen lässt. Sie sieht uns an, als seien wir irgendwie fremdartig, ungewöhnlich, dabei ist sie diejenige mit den funkelnden Augen.

„Isla, könntest du deine Bären zurückrufen?"

"Ich kann sie nicht zurückrufen", antworte ich kalt, aber ich merke, dass Torben bei meinen Worten die Krallen einzieht.

„Oh, ich bin mir ziemlich sicher, dass du das kannst", lacht sie hell auf. „Du hast zwar nur mit einem von ihnen eine feste Verbindung, aber das bedeutet nicht, dass die anderen nicht zu dir gehören."

„Woher weißt du das?"

„Isla, Liebes, ich weiß so viel mehr, als du denkst. Und

sprich den anderen gegenüber ruhig über deinen Verdacht. Sie können im Gegensatz zu mir deine Gedanken nicht lesen."

Fassungslos stähle ich meinen Verstand und versuche damit dasselbe, was ich tue, wenn ich Allis fernhalten will.

„Funktioniert nicht", sagt das Mädchen fröhlich, und ich starre sie an.

„Was für einen Verdacht?", fragt Bertie ruhig.

Ich seufze. „Dass sie eine der Moiren ist."

„Also, bevor ihr jetzt alle vor lauter Panik gleich umfallt – nein, ich bin keine der Moiren", kichert das Mädchen. „Ich bin nur ihre einfache Botin. Dienstbotin, wenn ihr wollt. Gelegentliche Geliebte. Habt ihr's schon kapiert?"

Sprachlos starren wir sie alle an. Ich hatte also recht, sie ist kein normales Mädchen. Und ist ganz sicher nicht so alt, wie es den Anschein hat. Und sie könnte gefährlich sein.

„Was genau sollen wir kapiert haben?", frage ich herausfordernd, und Torben wirft mir einen stolzen Blick zu.

„Warum ihr auf Inchbrach seid. Warum diese Insel etwas Besonderes ist."

„Das wirst du uns sicher gleich sagen."

Sie seufzt. „Ja, aber nur, weil ich noch was Besseres zu tun habe, als eine Horde Bären zu hüten. Die Ladies wollen euch treffen, und das wird auf Inchbrach geschehen. Irgendwo hier ist die Eingangspforte – aber euch zu sagen, wo genau, würde keinen Spaß machen."

Sie läuft lachend davon, dreht sich nicht einmal mehr nach uns um.

Ich bin total verblüfft.

„Was ist da gerade passiert?", fragt Húnn, der genauso verwirrt zu sein scheint wie ich.

„Also, wir sind da gerade einer verrückten jungen Frau begegnet oder einer Dienerin der Moiren. Such's dir aus", sagt Arnold trocken. „Ich habe noch nie gehört, dass diese Damen Dienstboten beschäftigen. Dachte immer, sie arbeiten allein."

„Du wusstest also schon vorher von ihnen?", frage ich, und in meinem Kopf dreht sich alles.

„Sie sind Gegenstand von Legenden, genauso wie Werwölfe und Wer-Bären. Ich versuche, all diesen Dingen gegenüber aufgeschlossen zu bleiben, auch wenn sich manches als unrichtig erweist. In jeder Geschichte steckt meist ein Körnchen Wahrheit."

„Ist er nicht ein weiser alter Bär", sagt Bertie liebevoll und legt seinem Partner den Arm um die Taille. Mir wird warm ums Herz beim Anblick dieser beiden Liebenden. Eines Tages möchte ich so sein wie sie. Nur, dass ich dann vier Bären zum Knuddeln haben werde statt einem.

„Was machen wir denn jetzt? Sie hat da ein Portal, eine Eingangspforte erwähnt, weiß jemand, was das bedeuten könnte?", fragt Torben unsere Gastgeber.

„Keine Ahnung. Wir haben auf unseren Erkundungstrips über die Insel nie etwas Ungewöhnliches bemerkt. Aber natürlich haben wir auch nicht nach Portalen gesucht. Wusste gar nicht, dass es so etwas überhaupt gibt."

Torben runzelt die Stirn. „Ab morgen werden wir die Insel absuchen. Arnold, Bertrand, habt ihr eine Landkarte, damit wir uns auf verschiedene Gebiete aufteilen können? Und Isla, du könntest Allis fragen, ob sie etwas von Portalen weiß und ob die Moiren überhaupt Bedienstete haben.“

„Es gibt da eine Landkarte, aber die ist nicht sehr genau. Sie stammt aus der Zeit vor der Großen Flut, wir haben den derzeitigen Verlauf der Küste darauf eingezeichnet.“ Bertie schüttelt traurig den Kopf. „Kaum zu glauben, dass dies einmal ein Dorf fernab der Küste war. Ich hätte nie gedacht...“

„Das hätte keiner von uns“, tröstet ihn sein Partner. „Die Menschen hätten wohl auf unseren Planeten besser achtgegeben, wenn sie gewusst hätten, was die Flut anrichten würde.“

Damals in Arkadien gab's ein Portal, aber nicht für die Moiren, sondern nur für die Götter. Die meisten von ihnen wohnten auf der Erde, aber manchmal verschwanden sie durch dieses Portal und sagten keinem, wohin sie gingen.

Allis ist wieder da, aber diesmal überwältigt mich ihre Traurigkeit nicht. Mir war nicht einmal bewusst, dass meine mentalen Schranken nicht mehr geschlossen waren. Vielleicht war daran auch dieses Mädchen mit den merkwürdigen Gedankenlese-Fähigkeiten schuld.

„Wie sah das aus?“, frage ich, bevor mir einfällt, dass die Männer gar nicht wissen, wovon ich rede. „Allis sagt, sie habe schon früher ein Portal gesehen“, erkläre ich zu ihrem Verständnis.

Ein marmorner Torbogen, zwei große Säulen und

dazwischen ein schimmerndes Gespinst. Wie Seide, aber nicht von dieser Welt. Dieses Tor wurde stets bewacht und wir Menschen durften nicht einmal in seine Nähe kommen. Aber selbst aus der Ferne sah es schön und gleichzeitig gefährlich aus.

Wieso gefährlich?

Es löste ein sonderbares Gefühl aus, als ob es einen hineinziehen wollte.

Ich kann beinahe sehen, wie sie erschauert. Wenn es selbst Allis Angst machte, sollten wir besser vorsichtig sein.

Alles scheint sich im Moment mehr und mehr unserer Kontrolle zu entziehen. Wann wurde die Welt nur so kompliziert? Ich habe mich gerade erst an den Gedanken gewöhnt, dass es Bärenwandler gibt – und dass ich jetzt eine von ihnen bin – und plötzlich haben wir es auch noch mit Moiren und Göttern und Portalen zu tun. Und Mädchen mit funkelnden Augen. Jetzt bin ich es, der ein Schauer über den Rücken läuft. Bin ich froh, dass dieses Grusel-Mädchen wieder weg ist! Obwohl – sie lief fort, nahm aber kein Boot zurück auf das Handelsschiff; ist sie also noch auf der Insel? Oder ist sie durch das Portal verschwunden?

„Wir sollten ihren Spuren folgen", schlage ich vor. „Falls sie durch das Portal gegangen ist, müssen wir es nicht mehr extra suchen."

„Das wäre zu schön, um wahr zu sein", murmelt Torben, widerspricht aber nicht. Ich weiß selbst, dass das nicht die beste Idee ist, aber immer noch besser, als aufs Geratewohl die Insel abzusuchen.

„Ràn, du bist unser bester Spurensucher, geh du mit

Isla und seht zu, was ihr findet. Wir übrigen kehren zum Haus zurück."

Sie gehen fort, während Ràn anfängt, sich auszuziehen. Oh. Klar doch, das Fährtenlesen geht als Bär natürlich besser. Dumm von mir. Aber statt mich auch auszuziehen, sehe ich ihm nur dabei zu. Ràn ist breitschultrig und muskelbepackt, der Brustkorb wie eine gemeißelte Landschaft, die nur darauf wartet, berührt zu werden. Seine Arme sind groß und mir fällt auf, dass ich auch ohne Wandlung schon den Bären in ihm sehen kann. Ich widerstehe der Versuchung, ihn anzufassen und sehe stattdessen auf den Boden nieder. Der ist neutral. Und versetzt meine Eierstöcke nicht in Aufruhr. Und bringt mich nicht dazu, einen meiner Männer anzuspringen.

Ich sehe nur mal kurz auf, als er aus seiner Jeans steigt. Oh, oh. Er ist erregt und sieht mich an, wo ich ja auch nur noch BH und Hosen anhabe. Das wird kein gutes Ende nehmen – jedenfalls, was unseren Auftrag angeht.

Ich räuspere mich. „Die Spuren werden vielleicht nicht mehr zu erkennen sein, wenn wir nicht gleich aufbrechen..."

Ich will nicht, dass das wahr ist. Ich will.... ganz andere Dinge tun, Dinge, die Spaß machen. Es ausnutzen, dass wir schon fast entkleidet sind.

„Ja, wir sollten uns beeilen", bestätigt er heiser und scheint darüber genauso traurig zu sein wie ich. Verdammte Sucherei. Viel lieber würde ich mit meinen vier Männern in unserer kleinen Hütte Winterschlaf halten.

Seufzend ziehe ich meine Jeans aus, dann die

Unterwäsche und öffne gleichzeitig meine mentalen Schranken, damit Allis hereinkann. Sie führt eine schnelle Wandlung aus, und ich ziehe mich zurück, während Allis und Ràn zurück zum Dorf laufen und dabei der Duftspur des merkwürdigen Mädchens folgen.

Ich kann hören, wie sie mit Ràns Bären flüstert, versuche aber nicht, sie zu belauschen. Sie hat so selten die Gelegenheit, mit den Bären der anderen ein bisschen zu reden, das will ich ihr nicht nehmen.

Stattdessen sehe ich uns zu, wie wir durch den Schnee sausen und um uns herum winzige Schneeflocken aufwirbeln. Es ist jetzt fast dunkel, aber der Schnee reflektiert das Mondlicht ausreichend, so dass wir weiter sehen, wohin wir laufen. Der Pfad führt uns vom Strand weg ins Landesinnere, aber nicht zum Dorf. Anscheinend folgen wir ihm hinauf auf einen der Hügel im Zentrum der Insel, wobei noch unklar ist, auf welchen. Obwohl wir die Gegend auf unseren Jagdausflügen ausgiebig erkundet haben, kann ich mir doch nicht vorstellen, dass hier irgendwo ein Portal sein soll. Und wir haben hier auch keine Höhlen entdeckt, in denen es versteckt sein könnte.

Also bleibt wohl nur abzuwarten.

Ràn bleibt am Eingang eines weiten Tals stehen. Orson, Ràns Bär, beschnüffelt den Boden.

„Hier enden die Spuren. Als ob sie sich in Luft aufgelöst hat. Keine Fußabdrücke mehr, kein Geruch.“

Er geht weiter den Talboden ab auf der Suche nach einer Spur von dem Mädchen, aber an seinen hängenden Schultern sehe ich schon, dass sie uns entwischt ist. Das wäre wohl auch zu einfach gewesen.

Er sieht so enttäuscht aus, dass ich irgendetwas tun will, um ihn aufzumuntern. Erst als ich nackt vor ihm stehe, fällt mir ein, dass vielleicht nur Orson traurig ist, nicht Ràn. Zu spät, ich habe mich gewandelt und meine Absichten ziemlich klar zu erkennen gegeben. Es gibt wohl nur einen Grund, warum ich meine menschliche Gestalt angenommen habe, und der heißt Ràn.

Ich strecke die Hand aus und nähere mich dem Bären. Sein schönes dunkelbraunes Fell verschmilzt mit der Dunkelheit der Nacht, aber seine Augen glitzern im Mondlicht. Er ist auf seine eigene, pelzige, großgewachsene Art schön. Er ist auf der Hut und beobachtet mich. Ich darf nicht vergessen, dass dies hier nicht nur Ràn ist, der Mann, mit dem ich schon geschlafen habe. Es ist auch sein Bär, der Berührungen nicht mag. Oder war das Ràn? Das muss er mir irgendwann genauer erklären. Wenn ich weiß, warum er in seiner Bärengestalt nicht von einem Menschen berührt werden will, kann ich vielleicht etwas dagegen tun. Ihm helfen.

Es bricht mir das Herz, seinen Blick zu sehen und dass er jeden Moment damit rechnet, ich könne etwas für ihn Unangenehmes tun. Ich würde ihm nie wehtun und bin sicher, dass er das weiß. Es ist sein Instinkt, der ihn gerade vor mir zurückzucken lässt. Hoffe ich jedenfalls.

Ich ziehe mich zurück und verschränke die Arme vor der Brust. Selbst mit meinen neu erworbenen Bäreneigenschaften ist es doch ein bisschen kalt, so nackt im Schnee zu stehen. Das war keine gute Idee. Ich mache mich hier gerade zum Narren. Dumme, dumme Isla.

Ich drehe mich um und will durch eine Wandlung

Allis wieder das Feld überlassen und mich gedemütigt zurückziehen.

Eine Hand berührt meine Schulter, und diesmal ist es an mir zusammenzuzucken. Ich habe nicht einmal gehört, wie er sich genähert hat. Für einen Kerl seiner Größe bewegt er sich erstaunlich geräuscharm.

„Stimmt etwas nicht?", fragt er mit seiner tiefen, rumpelnden Stimme und gibt mir einen kleinen Schubs, damit ich mich herumdrehe. Meine Eierstöcke werden beinahe ohnmächtig, als ich es tue. Klar, dass er nackt ist, hätte ich wissen können, aber es... ihn... tatsächlich so zu sehen... Oh Isla, jetzt reiß dich zusammen und verlier nicht gleich den Verstand!

Ist doch nicht schlimm, einen gut gebauten Männerkörper gebührend zu bewundern, versichert mir Allis trocken, und ich würde sie am liebsten aus meinem Kopf verbannen.

Hau ab, Allis, das hier ist Privatsache!

Ach Kleines, nichts ist privat, das solltest du nun schon mitgekriegt haben.

Aber dennoch verschwindet sie und lässt mich mit Ràn alleine.

„Stimmt etwas nicht?", fragt er noch einmal und hebt mein Kinn an, damit ich ihm direkt in seine dunklen Augen sehen kann.

„Nein", murmele ich. „Ich kam mir nur gerade ein bisschen blöd vor, mich einfach so zu wandeln."

Er lacht. „Du bist doch nicht blöd. Du bist zum Anbeißen."

Er räuspert sich, und sogar in der Dunkelheit kann ich

erahnen, dass nun eine leichte Röte in seinen Wangen aufsteigt.

„Also nicht wirklich zum Beißen…"

Ich kichere, während er weiter nach einem besseren Wort sucht.

„… zum Appetitanregen?"

Jetzt lache ich laut los.

„Aufreizend?"

Ich stelle mich auf die Zehenspitzen und presse meine Lippen auf seine, damit er nicht weiterreden kann. Ich will mich lieber nicht zu einem Appetithäppchen für diesen Bären erklären lassen. Wenn schon, dann soll das hier zu meinen Bedingungen laufen.

Er beantwortet meinen Vorstoß, indem er seine Arme um mich legt, aber seine Lippen geschlossen hält. Ich necke ihn mit meiner Zunge, gebe meine Absicht klar zu erkennen, dass ich es nicht bei einer Lippenberührung belassen will, aber er reagiert nicht.

Was ist bloß los? Aus der Art und Weise zu schließen, wie er mich hält und wie sein Ständer gegen meinen Bauch drückt, ist er ganz schön heiß auf mich. Aber warum küsst er mich dann nicht richtig?

Ich beende den Kuss, bevor er richtig begonnen hat und sehe ihn fragend an.

„Du hast mich nicht aussprechen lassen", flüstert er, und ich ziehe die Augenbrauen hoch. Im Ernst jetzt?

Ich seufze. „Was wolltest du mir denn so Wichtiges sagen?"

Er lächelt bärig. „Du bist mein".

Dann ist da nur noch sein Mund, der mich

leidenschaftlich küsst, während seine Hände über meinen Rücken gleiten, seine Zunge in mich dringt, ich ganz von ihm umgeben bin. Ich verschmelze mit seinem Kuss, meine Lippen bewegen sich ohne mein Zutun. Das hier ist urwüchsig, von Instinkten geleitet, nicht mehr und nicht weniger.

Irgendwie rollen wir uns schließlich im Schnee, küssen uns weiter, während wir unsere Körper erkunden und sogar noch, als er in mich eindringt und wir uns im gleichen Rhythmus bewegen. Unser Stöhnen wird zum Liebesgesang, der sich mit jedem Stoß höher schraubt und lauter wird.

Um uns herum beginnt der Schnee zu schmelzen, als wir gemeinsam den Höhepunkt erreichen, vereint in Körper und Geist.

KAPITEL FÜNF

„Ich bin nicht immer so ruhig gewesen, weißt du."

Er hält mich fest in seinen warmen Armen, der Schnee unter uns ist längst unter der Glut unserer Körper geschmolzen.

Mir ist nicht kalt, ich bin nicht nass, irgendwie muss die Erde abgetrocknet sein, als wir uns auf ihr herumgewälzt haben. Eigentlich müsste ich schlammbedeckt sein, bin ich aber nicht. Diese Insel ist wirklich sonderbar. Oder sollte es am Wandler-Zauber liegen?

Ich sage nichts, will ihm die Gelegenheit geben, sich das von der Seele zu reden, was offensichtlich auf ihr lastet. In den vergangenen Tagen ist er weniger brummig gewesen, hat sich etwas geöffnet. Das gefällt mir und unterscheidet sich doch stark von dem Ràn, den ich in der Hütte kennengelernt habe und der nur Einwortsätze hervorbrachte. Natürlich spricht er nicht so viel wie Húnn und wird sicher nie so laut und fröhlich sein wie Finn, aber es ist doch eine deutliche Verbesserung festzustellen.

„Du weißt das wahrscheinlich nicht, aber – Húnn und ich sind nur Halbbrüder. Wir haben dieselbe Mutter, aber verschiedene Väter. Zuerst wusste Húnns Vater, mit dem unsere Mutter verheiratet war, nicht, dass ich nicht sein Sohn war. Deshalb waren meine ersten Lebensjahre nicht schlecht, eigentlich sogar recht glücklich. Mein Bruder und ich standen uns immer nahe, und da wir nur ein Jahr auseinander waren, haben wir unsere kleine Welt gemeinsam erkundet."

Er hält inne, und ich streiche mit meiner Hand als Zeichen der Ermutigung über seine Brust. Er soll wissen, dass ich für ihn da bin, dass ich ihm zuhöre.

„Dann habe ich mich zum ersten Mal gewandelt, und es war klar, dass ich nicht von ihm stammte."

„Aber ihr seht euch doch so ähnlich", unterbreche ich ihn. „Ihr gleicht euch wie Zwillinge."

„Bärenfamilien erkennen einander am Geruch. Und als er meinen Bären zum ersten Mal roch, wusste er, dass wir nicht verwandt waren. Er konnte natürlich mit niemandem darüber reden, das wäre zu peinlich gewesen."

„Aber wählen weibliche Bären nicht mehrere Partner?"

„Schon, aber unsere Gemeinschaft wurde im Laufe der Jahre immer mehr von menschlichen Maßstäben geprägt. Menschliche Standards waren übernommen worden, einigen Männern gefiel die Vorstellung, das Sagen zu haben. Wie auch meinem...ähm... Húnns Vater. Er war sehr dominant und konnte den Gedanken nicht ertragen, dass sich meine Mutter mit einem anderen eingelassen hatte. Er konnte mich also nicht loswerden, aber er konnte..."

Seine Stimme beginnt zu zittern, und ich weiß instinktiv, dass er jetzt in seiner Erinnerung an einem schrecklichen Punkt angekommen ist. Ich lege mich auf ihn und halte ihn ganz fest.

„Er hat mich für den Fehltritt meiner Mutter bestraft. In menschlicher Gestalt ließ er mich überwiegend in Ruhe, aber als Bär – da hat er meinen Geruch nicht ertragen. Ich habe versucht, so lange wie möglich dem Haus fernzubleiben, aber manchmal hat er mich im Wald aufgespürt... Dann hat er mich an einen Baum gekettet, weit weg vom Dorf, wo niemand mich hören konnte. Unter meinem Fell sind die Narben von seiner Peitsche. Und auch wenn die meisten Hiebe verheilt sind..."

Eine Träne tropft auf seine nackte Brust, und ich merke erst jetzt, dass ich weine. Ich sehe den jungen Ràn vor mir, wie er an den Baum gekettet ist und ausgepeitscht wird, bis er blutet – nackte Wut erfüllt mich. Wie kann man ein unschuldiges Kind nur so misshandeln? Ein Bärenjunges, das nichts getan hat?

„Isla – deine Krallen!"

Meine Fingernägel haben sich wieder gewandelt und in Ràns Haut gepresst.

„Huch, tut mir leid", flüstere ich voller Scham. Ich hätte ihn verletzen können. Ich muss wirklich lernen, diese Teil-Wandlung unter Kontrolle zu bekommen.

„Ist schon gut, es dauert ein bisschen, bis man sich ans

Wandeln gewöhnt hat. Besonders, wenn man es nicht von klein auf gelernt hat."

Jetzt tröstet also er mich – das müsste doch andersherum sein.

„Was ist mit ihm geschehen? Húnns Vater?"

„Wir haben ihn getötet", sagt Ràn ganz sachlich, und ich starre ihn erschrocken an.

„Ihr habt ihn umgebracht?"

Er seufzt. „Eines Tages, als wir beide Teenager waren, traf Húnn auf seinen Vater, wie er mich gerade... verletzt hat. Diesmal war es nicht die Peitsche. Nein, es war viel schlimmer. Eine andere Art von Schmerz. Und Erniedrigung. Húnn wusste wahrscheinlich, dass irgendetwas vor sich ging, aber er dachte bis zu diesem Augenblick wohl, dass sein Vater mich nur mobbte. Als er mich dann aber mit heruntergezogenen Hosen an einen Baum gekettet vorfand – da drehte er durch. Er hat mit einem einzigen Tatzenhieb seinem Vater den Rücken aufgeschlitzt und mich dann befreit. Ich habe mich so geschämt, hatte solche Angst, dass ich weglief und vorhatte, ganz abzuhauen, aber Húnn ließ das nicht zu. Er folgte mir, tröstete mich und überredete mich schließlich, mit ihm zu seinem Vater zurückzukehren. Als wir dort ankamen, lag sein Vater in einer riesigen Blutlache, tot. Wir hatten ihn getötet. Und haben das nicht sonderlich bedauert, waren schließlich nur zurückgekehrt, um ihn zu erledigen. Wenn ich mich richtig erinnere, haben wir ihn in einem Fjord versenkt, nachdem wir die Taschen seiner Kleidung mit Steinen gefüllt hatten. Aber das liegt alles wie in einem Nebel – ich habe mich so bemüht, das alles zu vergessen; aber wenn ein Mensch meinen Bären anfasst, dann kommt das alles wieder hoch."

„Ich verspreche dir, dass ich das nicht mehr tun werde", flüstere ich, aber er schüttelt den Kopf.

„Nein, bei dir ist das etwas anderes. Ich muss mich nur an den Gedanken gewöhnen, dass es nicht weh tut, wenn du mich berührst."

„Tut es denn weh, wenn andere es tun?"

„Nicht körperlich. Oder vielleicht doch. Irgendwie. Vielleicht ist es das Echo vergangener Schmerzen. Das spielt sich alles in meinem Kopf ab, ist aber schwer daraus zu entfernen."

„Vielleicht wird's irgendwann mal besser."

Er seufzt. „Vielleicht. Ich wollte dir das nur sagen, damit du nicht meinst, dass du daran schuld bist. Ich zucke nicht vor dir zurück. Niemals. Das sind nur Gespenster aus der Vergangenheit."

Ich strecke mich, bis ich ihm direkt in die Augen schauen kann.

„Danke, dass du mir davon erzählt hast", flüstere ich und lege meine Lippen auf seine. „Das bedeutet mir viel."

Um ihm das zu beweisen, küsse ich ihn sanft und liebevoll. Er legt seine Hände auf meine Hüften und zieht mich in eine bessere Position. Jetzt liege ich auf ihm, meine Brust auf seiner, meine Schenkel auf seiner wachsenden Erektion. In diesem Augenblick wird uns wohl beiden wieder so richtig bewusst, dass wir nackt sind. Und allein. Keiner wird uns hier stören. Klar, wir haben erst vor kurzem Sex gehabt, aber das bedeutet ja nicht, dass wir es nicht wieder tun könnten, oder?

Ich beende den Kuss und sehe ihn mit entschlossen vorgeschobenem Kinn an. Bin ich drauf und dran, etwas Dummes zu tun?

„Beiß mich."

Seine Augen weiten sich, als ihm die Bedeutung meines Wunsches klar wird.

„Du willst dich mit mir verbinden?"

Ich nicke. „Du gehörst zu mir, genau wie Torben. Ich sollte nicht nur mit ihm auf diese Art verbunden sein. Ich möchte mit dir dieselbe Art von Bund schließen"

Er lächelt. „Nach allem, was ich dir gerade erzählt habe?"

Ich küsse ihn schnell auf die Lippen. „Besonders nach all dem. Allein die Tatsache, dass du mir deine Geschichte erzählt hast und so viel Vertrauen in mich hattest – das ist doch der schönste Beweis, dass wir dazu bereit sind. Ich will, dass wir ein richtiges Bärenwandler-Paar sind. Oder eben ein Paar innerhalb unserer Rotte." Ich verziehe das Gesicht. „Wir müssen dafür unbedingt ein besseres Wort finden. Rotte klingt wirklich so wenig romantisch."

Ràn lacht. „Harem?"

„Mein Bärenharem...". Ich lecke mir die Lippen. „Das gefällt mir. Möchtest du Mitglied in meinem Harem werden?"

Er küsst mich sanft und streicht mir eine Haarsträhne aus dem Gesicht.

„Nichts lieber als das."

Er rollt uns auf die andere Seite, so dass ich auf dem Rücken liege und er über mir thront. Zum Glück stützt er sich mit den Armen ab, so dass mich nicht sein gesamtes

Gewicht erdrückt – er ist schließlich ein Riesenbär. Er bewegt sich rückwärts, bis sein Kopf zwischen meinen Brüsten liegt. Er hinterlässt eine Spur von Küssen auf meiner Haut, als er mich solcherart auf die bevorstehende Paarbindung vorbereitet. Er geht sanft vor, vorsichtig, liebevoll. Jedes Mal, wenn seine Lippen ein Stück meiner Haut berühren, lässt mich das erschauern. Einerseits würde ich ihn am liebsten auffordern, damit aufzuhören und zur Tat zu schreiten, andererseits genieße ich dieses Liebeswerben. Ja, dies ist so viel mehr als nur Sex. Es ist ein Versprechen, dass wir von nun an ein Paar sein werden, ein Team, beste Freunde. Dass wir füreinander da sein werden, egal, was geschieht. Dass er für mich Heimat sein wird und ich für ihn.

Einen Augenblick lang erinnere ich mich an etwas, das mir meine Mutter vor langer Zeit einmal gesagt hat: „Deine Heimat ist nicht da, wo du wohnst, sondern es sind die Menschen, die in deinem Herzen leben." Aber schon der nächste Kuss beendet alles Denken. Ich fühle nur noch, wie sehr ich Ràn will. Nicht nur seinen Körper, obwohl ich den schon gerne in mir spüren würde. Nein, auch seinen Geist, das, was sein Wesen ausmacht. Er hat sich mir heute schon geöffnet und mir von seiner Vergangenheit erzählt. Vielleicht werde ich mich ihm gegenüber eines Tages auch öffnen können. Ich bin da nicht so mutig wie er und dazu wohl noch nicht bereit.

Ràn bewegt sich abwärts, zieht seine Zähne über meine Haut, während er sich auf mein Innerstes zubewegt. Und da verliert sich seine Langsamkeit; plötzlich trifft seine Zunge auf meinen empfindlichsten Punkt und bringt mich zum Stöhnen. Ich kralle mich in den Untergrund, während er mit seiner Zunge Kreise zeichnet, Kreise, die mich erbeben lassen und mir die Hitze in den Bauch treiben. Er spielt auf mir wie auf einem Klavier, weiß genau, welche Berührung welche Reaktion bei mir auslöst. Mein Stöhnen wird zu einem Konzert, das er durch seinen Zungenschlag dirigiert. Ich winde mich auf dem Boden, verliere immer mehr die Kontrolle. Er führt mich immer dichter ans Finale heran, aber ich hoffe, dass er vorher aufhört.

Was er nicht tut.

Ich komme schreiend, ergreife verzweifelt Ràns Kopf, damit er mit seinen Bewegungen nicht aufhört, bevor diese Welle der Glückseligkeit endet. Aber sie endet nicht, läuft einfach weiter. Begierde erfüllt mich, blendet mich. Und ich weiß, was ich jetzt zu tun habe.

Ich richte mich auf und ziehe Ràn zu mir heran. Seine Pupillen sind weit geöffnet, und er atmet genauso schwer wie ich.

„Bereit?", frage ich mit heiserer Stimme, und er nickt, zieht mich näher an sich heran, bis sich unsere Brustkörbe berühren. Meine Nippel streifen seine Haut, was mich wieder aufstöhnen lässt. Ich küsse ihn in den Nacken, ergötze mich an seinem erdigen Geschmack und Geruch.

Dieser Geruch ist köstlich. Unwiderstehlich. Ich fühle, wie sich meine Zähne wandeln, als ich meinen Mund öffne und ihn sanft beiße. Von sanft ist dann keine Spur mehr, als ich sein Blut schmecke. Eigentlich sollte mich das anwidern, aber in diesem Moment könnte ich ihn leer saugen und immer noch mehr wollen. Mein Ràn. Sein

Blut, jetzt Teil von mir. Er in mir. Ich sauge wie ein Vampir an seinem Nacken, während er mich hochhebt und in mich eindringt; mit jedem Stoß nehme ich einen weiteren Schluck von seinem Blut. Diesmal ist mir alles viel bewusster als bei Torben. Und ich trinke ganz bewusst von seinem Blut. Ich spüre, wie sich unsere Verbindung erhärtet. Es ist, als würden zwischen uns Fäden gewoben, die zwar dünn und kaum sichtbar, aber unglaublich stark und widerstandsfähig sind. Die Verbindung ist da.

Seine Stöße werden schneller, gehen tiefer, und ich kann endlich aufhören mit dem Beißen, lehne mich zurück und sehe ihm in die Augen. Sie sind dunkel, voller Begierde. Ich hoffe, meine sehen ähnlich aus und er erkennt darin, wie viel er mir bedeutet. Wie wichtig er ist. Dass ich ohne ihn nicht mehr sein kann.

Er ist mein.

Mein Ràn.

Als wir zusammen den Höhepunkt erreichen und seine Zähne meine Haut durchbrechen, er von meinem Blut kostet, da fällt das letzte Puzzleteilchen an seinen Platz. Wir sind vereint.

Mein.

Ich wache in einem weichen Bett auf. Ich schnüffele und stelle fest, dass es mein eigenes in unserem kleinen Haus ist. Noch ein Schnüffeltest, und ich weiß, dass die Männer in der Nähe sind. Gut so. Ich muss lächeln bei dem Gedanken an das, was gerade geschehen ist. Nun ja –

gerade? Ich habe keine Ahnung, wie lange ich bewusstlos war. Kann mich nicht daran erinnern, eingeschlafen zu sein. Oder wie ich zurück ins Haus gekommen bin. Ich setze mich auf und überlege stirnrunzelnd, wieso ich solche Gedächtnislücken habe. Merkwürdig.

Ich ziehe einen alten Bademantel an, der an einem Haken an der Tür hängt und gehe ins Wohnzimmer, wo sich die Männer auf diversen Sitzgelegenheiten ausgebreitet haben. Die meisten Sessel und Sofas sind aus anderen Häusern, wir haben uns einfach zusammengesucht, was wir gebrauchen konnten. Die früheren Besitzer haben sicher nichts dagegen. Wenn sie überhaupt noch leben.

„Bist du darunter nackt?", erkundigt sich Torben lächelnd, aber mit hungrigem Blick. Ich frage mich, ob er angesichts unseres schon bestehenden Bandes über meine neue Verbindung schon Bescheid weiß.

„Joa. Hast du damit ein Problem?"

„Nicht im geringsten". Seine Stimme ist eher ein dunkles Grummeln, voller Verlangen und vielversprechend. Meine Eierstöcke quieken freudig. Am liebsten würde ich ihn sofort nehmen, hier und jetzt.

„Wie hast du geschlafen?", fragt Ràn. Er hält eine große Tasse in der Hand. Schnüffel. Heiße Schokolade. Meine. Ich pirsche mich an ihn heran und nehme sie ihm einfach aus der Hand. Er lacht leise, als ich sie in drei großen Zügen leere. Lecker. Dann sehe ich Ràn an. Ebenfalls lecker, den hätte ich auch noch gerne.

Jetzt hör auf, Isla. Das ist eine Nebenwirkung der Paar-Bindung. Du musst jetzt nicht gleich jeden anspringen.

Ich beachte Allis nicht weiter und sehe mich in dem Zimmer um. Vier Männer. Gehören alle mir. Ich befingere die Kordel, die meinen Bademantel geschlossen hält, aber mir zittern die Hände. Ich will sie alle so sehr.

„Was tust du da?", fragt Finn und steht von seinem Platz am Feuer auf. Statt einer Antwort werfe ich mich ihm entgegen und küsse ihn wild. Er zögert erst, beantwortet dann aber meinen Kuss auf gleiche Art. Wir hängen in leidenschaftlichem Kuss vereint aneinander, meine Zunge vollführt Tänze mit seiner, unsere Lippen sind wie miteinander verschweißt.

Isla, du hast Dringenderes zu erledigen. Zum Beispiel dieses Portal zu finden.

Ich schiebe Allis weg von mir. Sie nervt. Ich küsse doch gerade. Da brauche ich keinen Nicht-Geist-Bären, der sich dauernd einmischt.

Isla!

Allis schreit in meinem Kopf, und ich lege reflexhaft die Hände an die Ohren, obwohl der Krach ja nicht von außen kommt. Aber er hat seine beabsichtigte Wirkung: meine Gedanken werden klarer, und ich bin mir wieder bewusst, was ich da tue.

Ich mache einen Schritt zurück, weg von einem atemlosen Finn und sehe mich um. Húnn ist der einzige, der keinen roten Kopf hat.

„Was war da gerade los?", frage ich ruhig und ziehe den Bademantel wieder um meinen nackten Körper.

„Der Verbindungs-Akt hat deine Hormone verrücktspielen lassen. Keine Sorge, wird ja nur noch zweimal passieren."

Ich seufze. Noch zwei Verbindungen. Die Hälfte geschafft. Obwohl – ist ja nichts Schlimmes, nur emotional herausfordernd. Ich muss daran denken, wie ich Ràns Blut getrunken habe und schüttele mich etwas. Was er jetzt wohl von mir hält, wo ich mich wie ein Vampir aufgeführt habe?

Ist ganz normal, mach dir darüber keine Gedanken. Aber marsch jetzt, du musst dieses Portal finden.

Du scheinst ziemlich ungeduldig zu sein?

Die Moiren haben Antworten. Und auf die warte ich schon lange genug – jetzt will ich endlich mit ihnen reden. Also mach schon, beeil dich.

Den letzten Satz knurrt sie. Allis mit der scharfen Zunge ist zurück. In letzter Zeit hat sie sich zurückgehalten und ganz gut benommen, aber manchmal fällt sie doch in alte Verhaltensmuster zurück. Und zickt dann rum. Eine echte Bärin halt.

Ich setze mich auf einen Sessel, der nicht zu dicht bei den Männern steht, denn es ist mir immer noch ein bisschen unangenehm, wie aufgegeilt ich vor wenigen Augenblicken noch war.

„Habt ihr Fortschritte gemacht?", frage ich Torben und versuche, nüchtern zu klingen. Bloß nicht zeigen, wie peinlich mir das war. Cool bleiben.

„Ja, wir haben die Insel in sieben Bezirke aufgeteilt, damit jeder weiß, wo er hingehen soll. Ràn hat erzählt, dass du vergangene Nacht mit der Verfolgung der Spuren kein Glück hattest."

Zum ersten Mal schaue ich aus dem Fenster. Die Sonne hat beinahe ihren höchsten Stand erreicht. Ich habe die ganze Nacht und den größten Teil des Vormittags geschlafen.

„Wie sind wir hierher zurückgekommen?", frage ich Ràn.

Er zuckt mit den Schultern. „Du hast das Bewusstsein verloren, wie bei Torben. Ich habe dich hierher zurückgebracht, für alle Fälle."

„Du hast mich hergebracht? Wie denn?"

Wenn er mich getragen hat, kann er das nur als Mensch getan haben. In Bärengestalt hätte er mich nicht auf seinen Rücken heben können.

Er zuckt erneut mit den Schultern. „Ich hab dich getragen. Ist doch nichts schöner, als ein kleiner Nackedei-Spaziergang bei Mondschein."

Ich muss unwillkürlich lachen bei dem Gedanken, wie er da durch den Schnee gestapft ist und mich in den Armen hielt. Und wir beide nackt waren. Muss ziemlich komisch ausgesehen haben.

„Bertie und Arnold suchen ihre Bezirke schon ab. Wir haben nur darauf gewartet, dass du aufwachst, damit wir unsere Bereiche einteilen können", erklärt Torben. „Allis sollte in der Lage sein, auch über größere Entfernungen mit uns zu kommunizieren, wenn also einer von uns fünfen etwas findet, können wir uns an der Stelle treffen. Was die Beiden anderen angeht, ist das etwas schwieriger, aber sie würden uns sicher finden, falls sie Erfolg haben. Falls einer von euch das Portal findet, geht nicht zu dicht ran. Wir wissen nicht, was uns auf der anderen Seite erwartet, deshalb sollten wir auf Nummer sicher gehen und gemeinsam handeln."

Ich kann mit den beiden alten Bären in Kontakt treten.
Wie das?

Einfach so, weil ich es bin. Allis kichert in meinem Kopf, während ich den anderen davon Mitteilung mache.

„Das erleichtert die Sache zusätzlich." Er reicht jedem von uns einen Plan, auf dem in groben Zügen die Insel gezeichnet und ein bestimmtes Gebiet markiert ist. Ich präge mir meines ein und bin sicher, dass Allis dies ebenfalls tut. „Isla, willst du noch was essen oder können wir gleich los?"

Da ich nicht noch mehr Zeit vergeuden will, als wir durch meinen Tiefschlaf eh schon verloren haben, marschiere ich aus dem Wohnzimmer und bedeute den anderen, mir zu folgen.

„Ich werde auf dem Weg etwas erjagen. Wann sollen wir hier wieder zurück sein?" Das Gebiet auf meinem Plan sieht sehr groß aus, viel zu groß, um es in den paar verbleibenden Stunden Tageslicht zu erkunden. Wir befinden uns im Norden Schottlands, wo im Winter die Sonne viel früher als im Süden untergeht. So hat man uns das jedenfalls in der Schule beigebracht. Ich persönlich war seit der Großen Flut ausschließlich auf Salvation Island.

„Bei Sonnenuntergang", entscheidet Torben und ist schon dabei, sein Hemd auszuziehen. Die anderen befinden sich gleichfalls in unterschiedlichen Stadien des Entkleidens, während ich diesmal einen Vorteil habe – ich lege nur den Bademantel ab und stehe nackt vor ihnen. Ihre Blicke schmeicheln mir, aber mir ist klar, dass jetzt nicht die Zeit für Spielereien ist.

Dann mal los, sage ich zu Allis, als wir draußen stehen; sie sorgt für unsere Wandlung, innerhalb einer Sekunde hat unser Körper die Eisbärengestalt angenommen. Die Männer brauchen dafür etwas länger, selbst Torben. Ich bin immer noch erstaunt, wie flüssig und schmerzlos die Wandlung abläuft. Da krachen keine Knochen, kein Blut fließt, es ist eine ganz natürliche Bewegung, die uns vom Menschen zum Bären macht. Das entzieht sich mit Sicherheit jeder wissenschaftlichen Erklärung. Ist einfach Zauberei.

Mit einem letzten Kopfnicken in Richtung der anderen beginnen wir unsere Jagd durch den Schnee und genießen das Gefühl der Sonnenstrahlen auf unserem Fell. Mit jeder Wandlung fühle ich mich Allis näher. Wir sind dabei, miteinander zu verschmelzen, werden uns immer ähnlicher. Sollte ich jetzt die Kontrolle übernehmen, möchte ich wetten, dass ich als Bärin genauso schnell laufen könnte wie sie. Es fühlt sich wie die natürlichste Sache der Welt an. Mein Verstand ist nicht länger auf die menschliche Gestalt beschränkt, sondern hat sich erweitert und ist beweglicher geworden. Ich sollte Allis bitten, mir eines Tages die Zügel zu überlassen, aber nicht heute. Wir haben viel vor.

KAPITEL SECHS

Nach zwanzig Minuten haben wir die Grenze des mir zugeteilten Bereichs erreicht. Obwohl wir die ganze Zeit gerannt sind, ist Allis nicht einmal außer Atem. Auf dem Weg hat sie einen Hasen erbeutet und ihn im Laufen gefressen – Hase-zum-Mitnehmen sozusagen. Ich habe mal wieder meine nicht vorhandenen Augen zugedrückt, als sie das getan hat, denn ich kann mich ans Jagen und Verschlingen von rohem Fleisch immer noch nicht gewöhnen. Als ich klein war hatte ich ein Bilderbuch, in dem ein Bär dargestellt war, der vor allem Honig liebte, sonst nichts. Ich wünschte nur, Allis wäre so. Eine Vegetarier-Bärin, die uns Honig besorgen könnte. Mist, jetzt bin ich hungrig, obwohl Allis gerade erst für uns beide etwas gegessen hat.

Der uns zugewiesene Bezirk ist ein Rechteck, das sich die Küste entlangzieht und ungefähr fünf Kilometer ins Innere der Insel erstreckt. Soweit ich das aus unserer jetzigen Position beurteilen kann, handelt es sich um flaches Gelände. Da gibt's nicht viele Orte, an denen man ein solches Portal verstecken könnte, was aber nicht bedeuten muss, dass es nicht doch hier ist. Nein, wir müssen jeden Zentimeter dieser moorigen Gegend absuchen, auch wenn es langweilig wird.

Wir beschließen, in geraden Linien von einer Seite zur anderen zu laufen und jeweils etwa hundert Meter Abstand zwischen diesen Linien zu halten. Falls das Portal doch nicht dem großen Steinbogen aus Allis' Erinnerung gleicht, könnte es auch sehr viel kleiner und leicht zu übersehen sein. Also besser auf Nummer sicher gehen.

Auch wenn wir uns scheinbar auf einer Insel befinden, zeigt die Vegetation doch klar, dass dies vor der Überflutung eine Hügelkuppe war, kein Strand. Wo die Wellen auf das Land treffen, hat sich nur wenig Sand angesammelt, der wohl ausschließlich vom Meerwasser angespült worden ist. Das sieht keineswegs so aus wie an einem tropischen Strand, den ich nur von Bildern kenne. Und auch nicht wie die kalten, aber wunderschönen schottischen Strände, die es einmal gab, bevor sich alles verändert hat.

Der Untergrund ist voller kurzstämmiger Heidebüsche, denen wir auszuweichen versuchen, die aber oft unter dem Schnee verborgen sind, so dass uns ihre Wurzeln und Zweige straucheln lassen. Dieser Ort muss im Spätsommer herrlich aussehen, wenn die Heide in voller Blüte steht, aber im Augenblick machen die paar aus dem Schnee herausschauenden Büsche einen eher farb- und trostlosen Eindruck.

Mir ist sehr bald langweilig, und ich überlasse Allis die

Suche. Trotz meiner ausgiebigen Nachtruhe bin ich immer noch müde. Das muss mit der Paar-Bindung zu tun haben. Ich lächele inwendig bei dem Gedanken an Ràn. Er gehört jetzt ganz offiziell zu mir. Mein großer brauner Teddybär, der viel kuscheliger ist, als zunächst angenommen. Wenn ich den stillen, grummeligen Ràn von unserem ersten Treffen mit meinem Liebhaber der vergangenen Nacht vergleiche, scheinen das zwei völlig verschiedene Wesen zu sein. Aber nach allem, was er mir über seine Kindheit und Jugend erzählt hat, ist mir absolut klar, warum er nicht so offen und fröhlich sein kann wie sein Bruder.

Húnn. Der ist der nächste auf meiner Liste. Irgendwie glaube ich rein gefühlsmäßig, dass ich erst beide Brüder haben will, bevor ich mich Finn zuwende. Sie sind zwar nur Halbbrüder, aber einander doch recht ähnlich, nicht nur äußerlich. Es dauert zwar eine Zeitlang, diese Ähnlichkeiten zu entdecken, wenn man die Beiden nicht näher kennt, aber ich sehe sie. Sie sind mein.

Nach einer Stunde Rennerei hält Allis inne. Selbst sie braucht gelegentlich eine Pause.

Sie zeigt mir die von ihr mental gezeichnete Landkarte. Grundlage ist die Handzeichnung, die Torben uns gegeben hat, aber sie hat dem einige markante Punkte in der Landschaft hinzugefügt, an denen wir vorbeigekommen sind. Und ein paar merkwürdige Linien...

Das sind Geruchsspuren, erklärt sie, *die andere Tiere hinterlassen haben. Sie können uns dabei helfen, ganz bestimmte Punkte auf der Karte zu finden, falls das nötig sein sollte.*

An so etwas habe ich noch nie gedacht – Gerüche auf diese Art zu nutzen.

Du bist halt kein Bär.

Macht sich jeder Bär solche geistigen Landkarten oder ist das etwas Allis-Spezifisches?

Sowohl als auch. Meine sind hübscher als die der anderen.

Ich muss lachen. So viel Selbstbewusstsein ist schon fast Arroganz. Aber was rede bzw. denke ich da – Allis ist die personifizierte Arroganz!

Sie schüttelt ihren Pelz und sieht sich um.

Na, dann mal los. Du kannst in der Zwischenzeit gern ein Nickerchen machen.

Und genau das tue ich. Schlafe in meinem eigenen Kopf. Meine Welt ist wirklich sehr sonderbar geworden.

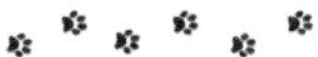

Wir sind nicht die einzigen, die nichts gefunden haben. Arnold versucht, uns mit etwas heißer Schokolade aufzuheitern, aber die Stimmung bleibt gedrückt. Die beiden alten Bären sind am wenigsten zuversichtlich. Sie wohnen seit Jahrzehnten hier, taten das schon zu einer Zeit, bevor dieser Ort zur Insel wurde. Sie kennen jeden Winkel. Gäbe es hier dieses Portal, wären sie längst darauf gestoßen.

Aber wir können nicht aufgeben und einfach hier herumsitzen. Schließlich haben wir endlich einen Hinweis darauf, was mit den Bärenwandlern geschehen ist. Wir haben noch nicht einmal ansatzweise eine Lösung gefunden, sind aber immerhin ein kleines Stück weiter als zuvor. Ich will einfach nicht glauben, dass dies das Ende der Fahnenstange ist. Nein, dieses Mädchen ist nicht einfach nur aufgetaucht, um uns in die Irre zu führen. So wenig ich ihr traue, bin ich doch überzeugt davon, dass sie in dieser Hinsicht die Wahrheit gesagt hat. Warum hätte sie sonst Kontakt zu uns aufnehmen sollen? Hätte sie uns nur ablenken wollen, wäre das doch ziemlich sinnlos gewesen, weil es ja nichts gab, wovon sie uns hätte ablenken können. Wir hatten nicht die geringste Spur, bis sie uns den Hinweis gab. Und sie hat nur bestätigt, was Allis uns schon erzählt hatte – dass die Moiren irgendwie darin verwickelt sind. Oder dieses ganze Chaos überhaupt erst angerichtet haben.

„Wir machen morgen weiter", sagt Torben müde. Er sieht ähnlich erschöpft und niedergeschlagen aus wie wir anderen. Und das ist kein gutes Zeichen. Torben ist immer zuversichtlich, immer optimistisch. Ist nicht schön, ihn so zu sehen.

Ich wüsste da eine Art, wie du sie aufheitern könntest, kichert Allis.

Nein, ich behalte meine Kleider an. So mache ich das nicht.

Das meinte ich auch gar nicht. Wie wär's mit einem Spielchen? Oder Geschichtenerzählen? So etwas haben wir früher oft gemacht.

Ich erinnere mich auch, wie wir in der Hütte gemeinsam gespielt haben, als ich die Männer gerade erst kennengelernt hatte. Ach ja, schöne Erinnerungen.

Mir ist aber gerade nicht nach Spielen. Eher nach

einer Wärmflasche und noch einer Tasse von Arnolds köstlicher Schokolade und dann mit diesen beiden Dingen gemütlich im Bett liegen. Und dabei diese ganze Sache mit den Bären für eine Weile vergessen. Ist ja schließlich nicht dringend. Das versuche ich mir jedenfalls einzureden. Sie sterben ja nicht, sie sterben nur irgendwann *aus*. Weil es keine Babys mehr gibt. Also keine Jungen. Das ist kein Virus, der sie schnell umbringt, sondern ein langsam fortschreitender Prozess.

Hör auf damit, unterbricht mich Allis unwirsch. *Such gar nicht erst nach Entschuldigungen fürs Nichtstun. Denk mal lieber wie ein Eisbär. Geh an das Problem heran wie an eine Beute, die man erlegen muss. Das dauert manchmal lange, man muss die Beute beobachten und ihr Verhalten richtig einschätzen, um dann im richtigen Moment zuzuschlagen und sich anschließend den Bauch vollzuschlagen.*

Vielen Dank auch, dieses geistige Bild hat mir gerade noch gefehlt. Es ist schlimm genug, ihrer Jagd und dem Verschlingen der Beute live beiwohnen zu müssen. Vielleicht sollte ich Vegetarierin werden.

Aber zu diesem Punkt habe ich mir schon Gedanken gemacht. Wenn sie gleich während der Jagd etwas frisst, fühle auch ich mich hinterher satt. Bedeutet das, dass ich dann in meinem menschlichen Magen rohes Fleisch habe? Ich erschauere. Besser nicht daran denken und mich lieber auf meinen Becher konzentrieren. Eine wunderschöne Bechertasse mit einer Reihe von Bärentatzenabdrücken. Welche Ironie!

Ich seufze laut auf, und die Männer starren mich an.

„Sollen wir zu Bett gehen?", frage ich, und ihre Augen leuchten auf. Nein, echt jetzt, an diese Art von Bett-Gehen hatte ich wirklich nicht gedacht. Eher an eine warme Bettdecke, bequeme Matratze, einen warmen Mann oder vielleicht auch zwei neben mir – aber jetzt, wo sie mich so angesehen haben, reagieren meine Eierstöcke sofort freudig. Bonnie, Clyde, gebt Ruhe. Die Lage ist ernst. Da bleibt keine Zeit für Sex. Wir müssen uns zusammenreißen, wir müssen... wem will ich da eigentlich etwas vormachen?! Schließlich begehre ich sie doch auch. Hier, sofort.

Von meinem inneren Kampf nichts ahnend nimmt Húnn die Tassen und zwinkert mir zu.

„Ich wasch die nur noch schnell ab, dann komme ich zu dir."

Arnold und Bertie verabschieden sich, ihnen ist schon klar, dass es hier nicht nur ums Schlafen geht. Klar, wir werden auch schlafen...hinterher. Aber auf das Vorher kommt es an.

Und da das Schlafzimmer immer noch nicht genug Platz für uns alle bietet, bleiben wir hier im Wohnzimmer, wo wir schon einige Nächte verbracht haben.

„Wir müssen uns endlich mal um mehr Betten kümmern", meint Torben leicht verärgert und verleiht damit meinen Gedanken Ausdruck. So gemütlich die Sofas auch sein mögen, der Fußboden ist es definitiv nicht.

„Wir alle oder nur einer?", fragt Finn. Das tut er jeden Abend. Er muss sich wohl noch an den Gedanken gewöhnen, dass ich sie alle gleichermaßen liebe. Und auch wenn ich mit Torben und Ràn schon jeweils alleine zusammen war – das war nicht vorher geplant. Es wäre komisch, jetzt einen von ihnen bewusst auszuwählen und mit ihm im Schlafzimmer zu verschwinden, während die anderen hierblieben. Ich sollte einen Zeitplan ausarbeiten, damit es fair zugeht. Aber nein, bisher funktioniert es auch so. Und ich muss gestehen, es bereitet mir gehöriges Vergnügen, ihre Hände überall an meinem Körper zu spüren; ihre Hände, ihre Zungen, ihre ... Schwänze. Ich verziehe das Gesicht. Mein Onkel würde mich mit dem Gürtel windelweich schlagen, wenn ich in seiner Gegenwart nur dieses Wort laut sagen würde. Aber zum Glück ist er weit weg auf einer anderen Insel. Er kann mir nicht mehr vorschreiben, was ich tun soll. Und er kann mir nicht mehr wehtun. Ein Schauer läuft mir über den Rücken.

„Was ist los?", fragt Ràn und sieht mich fragend an. Klar, dass ihm das nicht entgangen ist. Ràn sieht alles. Er ist zwar ein ruhiger Typ, registriert aber ganz genau, was sich in seiner Umgebung abspielt. Und seit dem Zustandekommen unserer Verbindung sind wir im Gleichklang. Gelegentlich dringen zu mir für einen Moment auch Emotionen von ihm und Torben durch. Nicht zu oft, es ist also nicht störend, und ich hoffe, das geschieht auch nicht, wenn ich mich mit den anderen beiden verbinde. Wenn ich ständig die Gefühle aller Vier mitempfinden würde – das würde mich zu einem emotionalen Wrack machen.

Ràn streicht sanft mit einem Finger über meinen Nacken. Das löst eine andere Art von Schauer aus. Einen viel angenehmeren als der Gedanke an meinen Onkel und was er wohl mit mir anstellen würde. Was er getan hat.

Ich versuche, diese unangenehmen Gedanken zu verscheuchen. Hat doch keinen Sinn, in der Vergangenheit herumzustochern. Nur die Gegenwart zählt. Und im Augenblick warten drei knackige Bärenwandler darauf, mich glücklich zu machen. Sogar vier, wenn Húnn aus der Küche zurück ist.

„Was ist los?", fragt Ràn erneut und stellt sich vor mich hin, damit ich ihm in die Augen schauen kann.

„Nichts", murmele ich.

„Lüg nicht." Seine Stimme ist ernst, klingt aber auch leicht besorgt. Warum muss er immer so aufmerksam sein?

„Küss mich?"

„Erst, wenn du mir sagst, was los ist."

Mist aber auch. Kann er mich nicht wenigstens mit einem kleinen Küsschen ablenken? Oder lieber noch mit einem richtigen Kuss?

„Nichts ist los."

Er legt seine Hände auf meine Wangen und zwingt mich, ihn anzusehen.

„Ich hab dir schon einmal gesagt, du sollst mich nicht anlügen. Ich habe deine Furcht gespürt. Wovor hast du Angst?"

Aha, es war also gar nicht das Erschauern. Es hat mit diesem vermaledeiten Bonding zu tun. Er kann auch einen Teil meiner Emotionen spüren, es funktioniert nicht nur von ihm zu mir. Das macht alles komplizierter.

Aber ich werde jetzt nicht darüber reden. Ich will noch ein bisschen Spaß haben.

Ich sehe ihn trotzig an.

„Mit mir ist gar nichts."

Er seufzt.

„Alle anderen raus."

Merkwürdigerweise gehorchen die anderen sofort, ohne Fragen zu stellen. Sogar Torben. Jetzt bin ich also alleine mit Ràn.

Der sich mir geöffnet hat und jetzt höchstwahrscheinlich Ähnliches von mir erwartet.

Kommt nicht in Frage.

„Du musst nicht darüber sprechen", sagt er ruhig und überrascht mich damit. „Jedenfalls nicht jetzt. Aber ich bin da, wenn du bereit bist."

„Woher weißt du...?"

Er sieht mich an, als könne er meine Gedanken lesen. Als wüsste er, dass das vorhin keine grundlose Furcht war.

„Opfer erkennen einander", flüstert er traurig.

„Ich bin kein Opfer", protestiere ich, und er lächelt.

„Nein, bist du nicht. Ich auch nicht. Wir haben beschlossen, keine Opfer zu sein. Wir sind Überlebende. Was aber nicht bedeutet, dass damit alles in Ordnung ist."

„Keiner hier hat ein Leben ohne Probleme. Allein schon die Große Flut hat dafür gesorgt. Selbst die heute geborenen Kinder haben ein beschissenes Leben. Sie werden nie so unbeschwert sein können, wie wir das in der früheren Welt waren. Sie werden keine richtige Bildung erhalten, keine ausreichende Gesundheitsvorsorge; und sie werden sich viel eher mit dem Tod auseinandersetzen müssen, als das gut für sie ist..."

Meine Stimme bricht. Ich sollte mich nicht so

aufregen. Die Große Flut kam, als ich noch ein Kind war – ich habe in der verwüsteten Welt schon länger gelebt als in der anderen davor. Die frühere kenne ich hauptsächlich aus Büchern und Erzählungen. Wir Kinder waren immer froh, wenn sich auf Salvation Island jemand betrunken hat – das löste die Zungen, dann haben sie etwas von diesem früheren Leben erzählt. Viele dieser Geschichten waren nicht unbedingt für Kinderohren bestimmt, aber das machte sie ja gerade so spannend. Sie waren unverblümt, traurig, schrecklich, oft voller Gewalt. Das Leben etlicher Menschen auf Salvation Island war selbst vor der Großen Flut kein Zuckerschlecken. Deshalb folgten sie wohl auch so bereitwillig den Lehren meines Onkels. Sie wollten einen Führer haben, jemanden, der ihnen sagte, dass alles gut werden würde. Und genau das tat er. Wobei seine Versprechungen eigentlich nie Realität wurden. Aber er wusste das immer zu entschuldigen. Sie hatten einfach nicht hart genug gearbeitet. Oder es gab Verräter in ihrer Mitte. Die Frauen waren zu aufmüpfig. Die Alten verbrauchten wertvolle Ressourcen. Er wusste immer, wem er gerade die Schuld zuweisen konnte – nur nie sich selbst. Er war ihr Anführer, sowohl politisch wie auch spirituell.

Als Teenager habe ich zum ersten Mal das Wort ‚Sekte‘ gehört. Ich habe in einem Wörterbuch gelesen – ja, freiwillig! So eintönig war mein Leben und so sehr sehnte ich mich nach Wissen, dass ich selbst solche ‚langweiligen‘ Bücher verschlang. Als ich die Definition las, war mir klar, dass mein Onkel eine Sekte gegründet hatte. „Eine soziale Gruppierung, die durch ihre religiösen, spirituellen oder philosophischen Glaubenssätze oder als Anhänger einer speziellen Person oder Zielsetzung zusammengehalten wird" – und genau darauf lief es bei ihm hinaus. Es hatte wenig mit Religion zu tun – die Leute auf Salvation Island waren nicht gerade religiös. Sie wollten allerdings ihre Absolution, außerdem Sicherheit und Ordnung. Und das bekamen sie von ihm. Allem voran die Ordnung.

Für alles gab es feste Regeln. Manchen Bewohnern gab das die gewünschte Sicherheit; für mich war's die Hölle. Viele dieser Regeln bezogen sich auf die Frauen und was sie durften oder in den meisten Fällen, was nicht. Wir durften nicht mit unverheirateten Männern sprechen, uns nicht in größeren Gruppen treffen oder Männern widersprechen. Wahrscheinlich kam in diesen Vorschriften die Unsicherheit gegenüber Frauen zum Ausdruck, die mein Onkel selbst empfand – also unterdrückte er sie. Da die meisten Bewohner der Insel Männer waren, war es ihm ein leichtes, diese Regeln durchzusetzen.

Als seine Nichte hatte ich ein paar Vorteile. Er konnte mich nicht zu oft in aller Öffentlichkeit bestrafen; das hätte so ausgesehen, als würde ich mich seiner Kontrolle entziehen. Also fanden diese Strafaktionen hinter verschlossenen Türen statt und immer so, dass keine sichtbaren Spuren zurückblieben, damit keiner etwas bemerkte. So mussten die blauen Flecke unter der Kleidung versteckt werden. Wie praktisch, dass seine Vorschriften für uns sowieso keine freizügige Bekleidung zuließen. Gut für ihn.

„Du weinst ja", bemerkt Ràn sanft und reißt mich aus meinen Träumen.

Wirklich? Ich berühre meine Wangen. Sie sind nass von Tränen. Mist aber auch. Ich sollte nicht so gefühlsduselig sein. Das ist doch alles lange her. Ich bin jetzt nicht mehr dort. Ich sollte mich auf das Portal konzentrieren, auf unsere Mission...

„Wie kann ich dir helfen?", fragt er und wischt mir sanft die Tränen vom Gesicht. Was deren Strom nur verstärkt. Eine solch liebevolle Geste.

„Durch einen Kuss?"

Wir lachen beide. Das habe ich schließlich schon zu Beginn versucht, ohne Erfolg. Auch diesmal lässt er sich nicht ablenken.

„Keine Küsse, bevor du mir nicht sagst, was dich bedrückt. Ich will nicht, dass du so traurig bist."

„Ich bin gar nicht traurig", flüstere ich. „Ich bin wütend."

„Wen soll ich umbringen?" Er lächelt bei diesen Worten zwar, aber ein gefährlicher Unterton in seiner Stimme entgeht mir nicht. Wir sind schließlich eine Verbindung eingegangen, deshalb wird jeder von uns alles für die Sicherheit seines Partners tun.

„Keiner soll getötet werden. Wenn *ich* schon der Versuchung widerstanden habe ihn zu töten, darfst du es erst recht nicht tun."

Der Tränenfluss versiegt, als ich daran denke, wie ich ihn einmal beinahe umgebracht hätte. Ich stand ganz dicht davor. Hielt das Messer schon in den Händen. Aber dann tat ich es nicht. Und werde wohl nie erfahren, ob das die richtige Entscheidung war. Macht mich das zu einem schlechten Menschen? Zu einer Beinahe-Mörderin?

„Es geht also um einen Mann?“

„Küsst du mich?“

Diesmal lächelt er nicht. Das ärgert mich.

„Du hast doch gesagt, ich muss es dir nicht erzählen. Dass du mir Zeit lassen würdest. Weshalb dann dieses Verhör?“

Ich werde zunehmend lauter und ärgere mich sofort über meine mangelnde Selbstbeherrschung.

Er lässt die Schultern hängen und nimmt seine Hände von meinen Wangen. Ich hatte gar nicht mehr bemerkt, wie beruhigend diese Berührung war, bis sie nun auf einmal weg ist.

„Entschuldige, ich sollte dich nicht so unter Druck setzen. Aber du sollst wissen – ich werde immer bereit sein, dir zuzuhören.“ Er seufzt. „Und aus eigener Erfahrung weiß ich, wie gut es tut, etwas von der Scheiße loszuwerden, die sich im Kopf angesammelt hat.“

Er macht einen Schritt zurück. „Ich werde immer für dich da sein.“

Mein Ärger verfliegt sofort. Ich gehe auf ihn zu und lege meine Hände auf seine Schultern.

„Das weiß ich. Danke dir dafür.“

Er lächelt. „Bekomme ich einen Kuss?“

Ich muss unwillkürlich lachen. So schnell hat er die Rollen vertauscht.

Ich strecke mich ihm entgegen und küsse ihn.

Alles ist gut.

KAPITEL SIEBEN

Der Morgen bricht wieder einmal viel schneller an, als er eigentlich sollte, aber die Sonnenstrahlen wärmen mein Gesicht und mahnen zum Aufstehen. Ich stöhne, recke mich, was unter mir mit einem Grummeln beantwortet wird. Oh. Ich liege auf Ràn drauf und habe ihm wohl versehentlich den Ellenbogen in die Brust gerammt. `tschuldigung.

Ich steige von ihm herunter und auch von dem Sofa, auf dem wir es uns beide bequem gemacht haben. Wir sind tatsächlich beide bekleidet – irgendwie kam es nur zu besagtem Kuss. Und dann haben wir nur noch die Wärme und Nähe des jeweils anderen genossen und sind dabei eingeschlafen.

Guten Morgen, rufe ich Allis zu, aber sie antwortet nicht. Wahrscheinlich schläft sie noch. Oder macht irgendetwas anderes, was sie so tut, wenn sie sich nicht mit mir unterhält. Wenn wir gewandelt sind, kann ich schlafen, während sie rennt, und anders herum funktioniert das anscheinend auch.

„Morgen", sagt Ràn mit schlaftrunkener Stimme. „Hattest du süße Träume?"

„Wenn du wüsstest, dass du Teil von ihnen warst, würdest du sie dann als ‚süß' bezeichnen?"

„Nein. Heiß? Sexy? Außerordentlich?"

„Hör schon auf. Du bist wirklich schon groß genug, musst dich nicht noch zusätzlich aufplustern..."

Er lacht, mit dieser schönen, volltönenden Stimme.

„Hast du wirklich von mir geträumt?"

Ich zucke mit den Schultern. „Ich erinnere mich nicht, hätte also sein können". Ich beuge mich zu ihm hinunter und gebe ihm einen Kuss auf die Stirn. „Und das ist eigentlich eine schöne Vorstellung."

Er zieht mich zu sich heran, bis ich das Gleichgewicht verliere und auf seine Brust falle.

„Ich bin doch gerade erst aufgestanden", protestiere ich lachend. Mir gefällt Ràns verspielte Seite. Sein Mund ist jetzt in Reichweite, also küsse ich ihn noch einmal, diesmal auf die Lippen. Er antwortet sofort, hungrig.

Seine Lippen sind fest, aber weich und treffen mit einer Energie auf meine, die meinen ganzen Körper erbeben lässt. Ich gebe mich diesem Kuss ganz hin, ertrinke förmlich in ihm, vergesse für den Moment alle Sorgen, die in meinem Unterbewusstsein noch vorhanden sind. Er erdet mich. Wir lassen unsere Zungen tanzen. Unsere Körper sind einander so nah, dass ich seinen Herzschlag spüre. Ich stelle mir vor, wie unsere Herzen völlig im

Einklang schlagen und muss dann über diese kitschige Vorstellung selbst lachen.

Leider betrachtet Ràn dies als Signal, den Kuss zu beenden.

„Wieso lachst du?"

„Ich höre auf damit, wenn du mich wieder küsst."

Er gluckst, und dann presst er wieder seine Lippen auf meine. Gut so.

Ohne Vorwarnung wird die Wohnzimmertür aufgerissen.

„Guten Morgen, ihr Langschläfer!", ruft Hùnn aus vollem Halse, was mich zusammenfahren lässt. Muss er denn so laut und frohgemut sein? Normalerweise müssen sich alle still verhalten, bis ich meine erste Tasse Tee getrunken habe.

Hinter Hùnn kommen die beiden anderen ins Zimmer, schon fertig angezogen und abmarschbereit. Ich stöhne, als mir einfällt, was uns heute bevorsteht. Noch mehr Rennerei.

„Hast du schon mal aus dem Fenster geschaut?", fragt Finn aufgeregt. „Der Schnee ist geschmolzen!"

Ich springe auf und eile zum Fenster. Ist eigentlich blöd, wegen etwas so Alltäglichem aufgeregt zu sein, aber nachdem ich wochenlang nichts als Schnee gesehen habe, ist allein der Anblick von Gras schon etwas Wunderschönes. Es ist noch ein bisschen braun und schlammverschmiert, weil es so lange unter dem Schnee gelegen hat, aber wenigstens nicht weiß.

Seit der Großen Flut hat sich das Wetter verändert. Die Jahreszeiten unterscheiden sich stärker voneinander –

die Winter sind kälter, die Sommer heißer. In meiner Kindheit gab es nie viel Schnee, er blieb höchstens ein paar Tage liegen und schmolz dann wieder. Es gab selten genug davon, um einen Schneemann zu bauen. Damals hätte ich viel darum gegeben, wenn wir so viel Schnee gehabt hätten, wie es jetzt normal geworden ist – aber aus meiner heutigen Sicht als Erwachsene erschwert die weiße Pracht nur das Fortkommen und macht alles komplizierter.

Allis gähnt in meinem Kopf. *Igitt, was für ein Schlamm. Mein Fell wird dreckig werden.*

„Sei nicht so eitel. Wenn du dich danach wieder gewandelt hast, werde ich einfach schön heiß baden, dann ist alles wieder weg."

„Sprichst du mal wieder mit Allis?", fragt Torben grinsend. Oh je. Anscheinend habe ich das wieder laut getan. Ich dachte, ich würde die Kunst der mentalen Unterhaltung inzwischen beherrschen.

„Wir würden dir beim Baden gern Gesellschaft leisten", kichert Finn und lässt die Röte in mir aufsteigen. Sie brauchen ja nicht zu wissen, dass ich so etwas schon vorhatte. Die Badewanne ist natürlich für uns fünf nicht groß genug, aber mit zweien von ihnen habe ich mich schon hineingequetscht.

„Aber erst die Arbeit, dann das Vergnügen. Vielleicht haben wir heute mehr Glück. Seid ihr alle bereit?"

Torben ist mal wieder die Stimme der Vernunft. Der Anführer. Ich seufze. Ein Frühstück wäre so schön gewesen, aber Allis wird uns beiden wohl etwas erjagen. Igitt.

Vier Stunden später haben wir immer noch nichts gesehen. Ich überlasse die Suche Allis, die eifrig Geruchsspuren und geografische Auffälligkeiten ihrer mentalen Landkarte hinzufügt. Ich döse vor mich hin und sehe gelegentlich die graue Landschaft an uns vorbeiziehen. Dichter Nebel zieht vom Meer herein und gibt der Umgebung einen gespenstischen Anstrich. Langsam wird Allis' Fell nass, das scheint ihr aber nichts auszumachen. Doch sie hatte recht mit dem Schlamm. Ihre Pfoten sind damit bedeckt, und die Beine auch schon schmutzig braun statt so strahlend weiß wie normal.

Sie klagt alle paar Minuten darüber, aber ich lerne so langsam, das auszublenden. Ich bin selbst schon missmutig genug gestimmt, da muss ich nicht noch einem ebenso übel gelaunten Bären zuhören. Ich lehne mich mental zurück und bin schlafbereit.

Pelja!, ruft Allis plötzlich und rennt los, ins Innere der Insel hinein und weg von der Küste, die wir gerade angesteuert hatten.

Was ist mit Húnns Bären wohl los?

Er hat um Hilfe gerufen. Er ist verletzt.

Das lässt mich aufhorchen. Wenn Pelja Probleme hat, betrifft das auch Húnn. Sie sind eins, sogar noch stärker miteinander verbunden als Allis und ich.

Allis läuft so schnell sie kann, und ich muss mich zurückhalten, dass ich sie nicht noch mehr antreibe. Húnn darf einfach nichts passiert sein. Ist er gestürzt? Wurde er angegriffen? Aber es gibt auf der Insel doch niemanden außer uns.

Abgesehen von diesem Mädchen. Der Dienerin der Moiren. Sie sah aber nicht sehr kräftig aus. Húnn hätte sie mit einem Tatzenhieb töten können.

Meine Gedanken rasen. Durch unsere Verbindung hindurch spüre ich, wie besorgt Allis ist, was mich nicht gerade beruhigt. Sie hat zwar zu keinem der Bären eine Liebesbeziehung, betrachtet sie aber als zu ihrer Rotte gehörig. Das sind die Männer, für die sie sich verantwortlich fühlt. Mir ist nicht einmal klar, ob sie überhaupt freundschaftliche Gefühle für sie hegt, aber die Männer betrachten sie auf jeden Fall als eine der ihren. Sie könnte sogar zu ihrem Anführer aufsteigen, wenn sie Torben herausfordern würde, denn uns ist allen klar, dass sie diesen Wettstreit gewinnen würde. Aber das hat sie nicht getan und wird deshalb umso mehr von ihnen respektiert.

Allis hält ohne Vorwarnung an, rutscht auf dem schlammigen Untergrund aus, bevor sie zum Stehen kommt.

Er ist weg.

Wie – weg?!

Ich kann ihn nicht mehr erspüren. Er war da, aber jetzt ist er ... verschwunden.

Angst greift mit kalter Hand nach mir. Verschwunden. Wie kann das sein? Das ist doch nicht möglich.

Ich weiß nicht, wohin ich jetzt gehen soll. Ohne unsere Verbindung...

Allis klingt genauso verzweifelt, wie ich mich fühle.

Wir stehen am Fuße eines kleinen Hügels, um uns herum nur Moor, Grass und gelegentlich ein moosbewachsener Felsbrocken. Der Nebel nähert sich nun auch diesem Teil der Insel, schiebt seine gespenstischen Finger am Boden entlang vorwärts. Von Húnn keine Spur. Überhaupt von niemandem.

Allis ruft nach Pelja. Es ist ein pulsierendes Geräusch aus tiefster Kehle, das mich erstarren ließe, wenn ich in meinem eigenen Körper wäre. Es liegt so viel Angst und Schmerz in diesem Laut.

Der Nebel verschlingt beinahe die Antwort eines anderen Bären, aber wir können sie gerade noch hören. Allis läuft sofort in Richtung dieses Lautes, ihre Tatzen wirbeln Schlamm auf. Ich kann die Rufe der Bären noch nicht voneinander unterscheiden – sie stoßen sie nur in Notfällen aus – aber trotz der Angst in dem gerade gehörten bedeutet er doch auch Hoffnung.

Wir laufen schneller als je zuvor, aber irgendwie holt uns der Nebel dennoch ein. Innerhalb weniger Minuten sind wir von Weiß umgeben. Diese dicke Suppe scheint beinahe feste Form zu haben. Allis hält inne, und ich spüre ihre Verwirrung.

Das hier ist nicht normal.

Dem stimme ich uneingeschränkt zu. Der Nebel dämpft alle Geräusche und Gerüche um uns herum. Ich spüre Allis' Furcht. Es ist ihr unheimlich, wie ihre Sinneseindrücke auf einmal eingeschränkt sind. Sogar mir macht die Abwesenheit von Geruchsspuren anderer Tiere Sorgen.

Allis schnaubt, ihr Atem lässt den Nebel etwas

auseinander stieben. Ich habe gelernt, dass Bären die meiste Zeit still miteinander kommunizieren; sie knurren selten und machen auch keine anderen lauten Geräusche. Normalerweise würde ein solches Schnauben weit zu hören sein und andere Bären auf sie aufmerksam machen. Bei diesem Nebel bezweifle ich das. In meiner menschlichen Gestalt würde ich jetzt aus voller Kehle rufen, halte es aber für unklug, mich gerade jetzt zu wandeln. Allis ist so viel stärker, als ich je sein könnte. Falls wir in Gefahr sind, stehen unsere Überlebenschancen mit ihr sehr viel besser.

Ähm, denke ich da schon ans Überleben? Das würde ja bedeuten, wir befänden uns in großer Gefahr. In akuter, tödlicher Gefahr. Das ist doch total … unwirklich. So etwas darf nicht passieren. Aber jetzt, wo Húnn einfach so verschwunden ist…

Allis zieht die Luft prüfend ein, aber ich spüre ihren Frust. Da ist nichts. Kein Geräusch, kein Geruch, nicht einmal ein Geschmack.

Sie beginnt wieder zu rennen, und ich hoffe nur, sie erinnert sich, aus welcher Richtung der Ruf des Bären kam. Der Nebel ist so dicht, dass ich nicht einmal den Boden sehe, auf dem wir uns fortbewegen. Es ist, als bewegten wir uns in einer Wolke, die mit uns wandert und uns nicht aus ihren Fängen freigibt. So langsam macht sich bei mir Klaustrophobie bemerkbar. Als Bewohnerin einer schottischen Insel bin ich zwar an Morgennebel gewöhnt, aber das hier ist etwas anderes. Es fühlt sich schlecht an. Böse. Unheilverkündend.

Ich bin mir sicher, dass wir den anderen Bären

mittlerweile erreicht haben müssten. So weit weg war der Ruf nicht, und Allis ist schnell. Ihr gehen wohl ähnliche Gedanken durch den Kopf, denn sie bleibt stehen.

Ich weiß nicht aus noch ein, und Allis geht es mit Sicherheit genauso – obwohl sie das nie zugeben würde. Dazu ist sie zu stolz.

Sie stellt sich auf ihre Hinterbeine, richtet sich zu voller Größe auf, und bellt dann einen lauten Ruf hinaus. Er klingt so verzweifelt, dass ich hoffe, so etwas nie wieder hören zu müssen. Allis ruft um Hilfe.

Langsam lässt sie sich wieder auf vier Pfoten fallen. Keine Antwort. Wir sind allein.

Allis läuft langsam weiter, setzt vorsichtig eine Pfote vor die andere. Sie ist achtsam, ich spüre, wie angespannt ihre Muskeln sind, sprung- und kampfbereit. An Flucht würde sie nicht denken. Nein, sie bereitet sich auf einen Kampf vor, mit Wem-auch-immer. Hinter uns ist jemand. Und irgendjemand hat Húnn entführt oder ihn verletzt oder ... aber nein, daran will ich gar nicht denken. Und dieser Jemand hat vielleicht auch diesen merkwürdigen Nebel hervorgerufen.

Sie prüft wieder die Luft.

Da kommt jemand.

Plötzlich bin ich beinahe dankbar für den Nebel. Mit unserem weißen Fell sind wir perfekt getarnt, noch besser als auf Schnee.

Es ist Orson.

Sie macht einen Schritt nach vorn und stößt beinahe gegen den dunkelbraunen Bären, der uns überrascht ansieht. Ràns Bär atmet schwer; er muss hierher gerannt sein, nachdem er den Hilferuf seines Bruders gehört hat.

Allis redet mit ihm, aber ich bekomme davon nichts mit. Das ist so unfair: Wenn ich ein Mensch bin, kann sie mithören, was ich mit den Männern bespreche. Aber wenn wir uns wandeln, habe ich keine Ahnung, was sie mit den Bären diskutiert. Da bin ich darauf angewiesen, dass sie mir hinterher Bericht erstattet.

Ich warte ungeduldig, bin versucht, ihr einen Stoß zu versetzen. Aber ich weiß selbst, dass sie mir ein Update gibt, sobald sie mehr weiß.

Es war nicht Orson, der gerufen hat, also müssen es Torben oder Gordon gewesen sein. Und ihm ist dasselbe passiert wie uns, auch er hat die Verbindung zu seinem Bruder verloren. Sie hält einen Moment lang inne. Er macht sich große Sorgen. Menschen würden sich wohl jetzt umarmen, aber ... das kann ich nun mal nicht.

Willst du, dass wir uns wandeln?

Nein, das wäre zu gefährlich. Also muss alles Gefühlige noch warten. Wir müssen erst die anderen finden.

Wie auf Kommando stellen sich die beiden Bären auf die Hinterbeine und brüllen in den Nebel. Gemeinsam sind sie vielleicht doch laut genug, dass Finn und Torben sie hören können. Hoffe ich. Andererseits könnten die Beiden noch auf der anderen Seite der Insel sein und die ihnen zugewiesenen Bereiche absuchen. Dann würden sie ewig brauchen, bis sie hier wären. Jedenfalls zu lange für uns, um hier herumzustehen und zu warten. Wir müssen herausfinden, was mit Húnn geschehen ist.

Mein Herz zieht sich zusammen beim Gedanken an ihn.

Honig, sagt Allis unvermittelt. *Ich rieche Honig.*

Häh?

Allis antwortet nicht und läuft los, die Nase schnüffelnd am Boden. Orson folgt ihr, genauso von diesem Geruch angezogen wie Allis.

Allis! Was tust du da?

Sie hört nicht hin. Ich schlage an die Barriere, die unsere Gedanken trennt, versuche, ihre Aufmerksamkeit zu erregen, aber sie wedelt mich einfach wie eine lästige Fliege weg. Sie hat viel zu viel Kraft, als dass ich sie übermannen könnte. Aber sie begibt sich in Gefahr. Das muss eine Falle sein.

Allis läuft jetzt schneller, angezogen von dieser unsichtbaren Quelle. Honig. Klar doch ist es Honig. Das, was alle Bären lieben. Was für eine Ironie!

Ich merke erst gar nicht, dass sich der Nebel verzieht, bis die ersten Sonnenstrahlen vor uns auf dem Boden zu erkennen sind und einen – Spalt freigeben. Einen Riss. Anders kann ich es nicht beschreiben.

Es sieht aus, als fehle da ein Stück. Ein Stück von allem. Diese Lücke ist so groß wie ich es bin und um ein Vielfaches breiter. Ich würde es als Loch bezeichnen, wenn es das wäre. Aber bei einem Loch gäbe es einen Weg nach unten und Dunkelheit. Es wäre irgendwo ein Ende in Sicht. Aber bei diesem Ding hier gibt es kein Ende. Jenseits des Spalts gibt es Nichts. Keine Farbe, kein Licht, keine Dunkelheit. Die gezackten Ränder sind wie Schnitte in die Erde hinein – hart und brutal. Und jenseits der Schnitte gibt es nichts.

Ich verstehe das einfach nicht. Es muss doch immer *Etwas* geben, auch wenn es nur Licht und Luft ist. Aber das hier... Das ist *Leere*. Ohne Leben. Schon der Blick auf den Spalt macht mich schwindelig.

Ich würde am liebsten umdrehen und fliehen so schnell ich kann, weg von diesem unnatürlichen Loch-das-kein-Loch-ist. Ich schreie Allis an, sie soll weglaufen, weg von diesem Ort – aber sie macht das Gegenteil: Sie springt in den Spalt hinein.

KAPITEL ACHT

„*W*ieso hast du sie nicht auf normale Art hergebracht?"

„Das hätte nicht so viel Spaß gemacht."

„Ach, Airlea, hier ging's wirklich nicht nur um deinen Spaß. Du solltest erwachsen werden."

„Das tue ich."

„Dann benimm dich entsprechend."

So langsam komme ich wieder zu Bewusstsein. Und das macht definitiv keinen Spaß.

Mein Kopf tut weh, eigentlich mein ganzer Körper, und alles dreht sich. Am liebsten würde ich wieder einschlafen. Aber das wäre wohl keine gute Idee.

In den Hirnwindungen zwischen den pochenden Kopfschmerzen erinnere ich mich an das, was zuvor geschah. Den *Spalt*. Wie Allis hineingesprungen ist. Und dann – nichts.

Allis?

Keine Antwort.

„Wieso sind da nur drei? Ich dachte, sie hätte vier.“

Wieder diese Stimme. Es ist die einer Frau, die sich zwar recht alt anhört, aber auch sehr bestimmt klingt. Die Stimme von jemandem, mit dem man sich nicht anlegen sollte.

„Das Portal hat sich geschlossen, bevor die anderen durchgekommen sind.“ Eine jüngere Frau. Ihre Stimme klingt vertraut. Mein umnebeltes Gehirn braucht einen Moment, um die entsprechenden Verbindungen zu knüpfen, aber als die Synapsen schalten, muss ich an mich halten, um nicht laut aufzustöhnen. Das Mädchen vom Strand. Die Dienerin der Moiren.

„Und wieso hat es sich geschlossen?“ Der Frau ist ihr Unmut deutlich anzuhören.

Das Mädchen seufzt. „Weil ich es zu lange offengelassen habe. Tut mir leid, Lach.“

„Und warum hast du das getan?“

„Weil ich Langeweile hatte und ein bisschen Abwechslung brauchte. Ich hab mich doch schon entschuldigt.“

„Aber ohne große Überzeugung.“ Jetzt ist es an der alten Frau, einen Seufzer auszustoßen. „Lauf zu meinen Schwestern und sag ihnen, dass unsere Gäste angekommen sind.“

Schritte, die sich entfernen, aber nur von einer Person. Die ältere Frau ist geblieben.

„Ich weiß, dass du wach bist.“

Mist, woher weiß sie das? Ich habe doch ganz regelmäßig geatmet und mich ganz bestimmt nicht bewegt.

„Komm schon, steh auf, wir haben eine Menge zu besprechen."

Vorsichtig setze ich mich auf und zucke zusammen, als das Pochen in meinem Kopf stärker wird. Erleichtert stelle ich fest, dass ich nicht nackt bin, wie sonst nach einer Wandlung, sondern einen einfachen weißen Umhang aus einem seidigen Material trage, das warm, aber gleichzeitig sehr leicht ist. Ich versuche mir vorzumachen, dass ich in dieser Robe hier angekommen bin und mich niemand nackt gesehen und angezogen hat. Denn ich empfinde zwar meinen Männern gegenüber keine Scham mehr, aber das heißt nicht, dass dies auch bei Fremden so ist. Selbst wenn es sich um Frauen handelt.

Ich stelle mich auf die Füße und widerstehe dem Drang, mich wegen der fürchterlichen Kopfschmerzen zu übergeben; dann drehe ich mich zu der Frau um. Sie ist nicht so alt wie ich anhand ihrer Stimme vermutet hätte. Etwa Ende fünfzig, Anfang sechzig. Aber als ich in ihre Augen sehe, korrigiere ich mich sofort und denke eher an tausend Jahre oder mehr. Diese Augen – wow! Sie sind wie kleine Universen, voller Wissen, Erinnerungen und Gefühle. Ich fühle mich regelrecht in sie hineingezogen ...

Ich wende den Blick ab und schaue auf den Boden. Marmor, poliert und kühl. Wieso ist mir das nicht aufgefallen, als ich darauf gelegen habe? Mir muss doch kalt gewesen sein, aber davon habe ich nichts gespürt.

„Ich bin Lachesis, zuständig für das Ziehen der Schicksalslose. Willkommen in meinem Heim."

Ich muss sie einfach wieder ansehen, schaue ihr diesmal aber nicht in die Augen.

„Das klingt, als wäre ich dein Gast und freiwillig hier.“

Sie lächelt. „Bist du das denn nicht?“

„Nein, sicher nicht. Man hat uns hierher gelockt, uns irgendwie verhext.“

Sie kichert leise. Ihr Lächeln geht mir ganz schön auf die Nerven, aber ich beiße die Zähne zusammen und hoffe, dass sie meinen Unmut nicht bemerkt.

„Aber du wolltest uns doch finden, nicht? Auch das Portal?“

Ich unterdrücke ein Knurren. Meine Bärenseite wird wieder stärker.

„Ja, aber wir hätten gerne selbst entschieden, ob wir hindurchgehen oder nicht.“

Jetzt wird aus dem Kichern lautes Lachen. „Mein liebes Kind, du triffst doch keine Entscheidungen, die wir nicht schon vorweggenommen hätten. Wir sind die Moiren, wir entscheiden alles.“

Ich starre sie trotzig an. „Und wenn ich das nicht will?“

„Dann kommst du zu mir“, sagt eine kalte Stimme hinter mir. Ich wirbele herum und stehe einer weiteren Frau gegenüber. Sie ist jünger als Lachesis, aber nicht viel. Ihr Haar sieht aus wie gesponnenes Gold und reicht ihr bis an die Hüften. Äußerlich ist sie eine Schönheit, aber ihr Gesichtsausdruck ist kalt und unfreundlich. Der Zug um ihre Lippen zeigt, dass sie oft finster dreinblickt.

Hinter ihr erscheint noch eine Frau, gefolgt von diesem merkwürdigen Mädchen. Drei Frauen. Die Moiren.

„Darf ich vorstellen – Atty und Klotho", sagt Lachesis, was die blonde Frau mit einem Stirnrunzeln beantwortet.

„Für dich immer noch Atropos. Nenn mich ja nicht Atty."

Ihr Gesichtsausdruck lässt mich erschauern. Nach allem, was Allis mir erzählt hat, ist Atropos diejenige, die die Schicksalsfäden abschneidet. Nicht, um die Menschen zu befreien, sondern um sie zu töten. Offiziell tut sie das, wenn deren Zeit gekommen ist, aber Allis war sich da nicht so sicher. Jetzt, wo ich vor ihr stehe, kann ich mir ohne weiteres vorstellen, dass sie manche Fäden auch vor der Zeit durchschneidet, aus lauter Boshaftigkeit. Jetzt weiß ich auch, was Lachesis meinte. Wenn ich nicht will, dass sie für mich die Entscheidungen trifft, ist der Tod die Alternative.

Diese Erkenntnis verursacht mir Übelkeit, mir kommt beinahe die Galle hoch. Sind wir tatsächlich nur Marionetten in ihren Händen? Treffen wir nie eigene Entscheidungen? Haben diese Wesen unser ganzes Leben im Voraus geplant und nichts davon entspringt unserem freien Willen?

Wozu dann überhaupt leben? Diese Moiren könnten doch besser Geschichten erfinden und niederschreiben, statt ihren Willen lebendigen Menschen aufzuzwingen und sie praktisch schauspielern zu lassen.

„Hör uns an, bevor du uns verurteilst", sagt Klotho, die dritte Frau, sanft. Ihre Stimme ist melodisch und schön; endlich eine Schicksalsgöttin, die einem nicht gleich einen Schrecken einjagt. Sie lächelt mich an, und ihre Augen lächeln mit. Dunkle Locken umrahmen ihr Gesicht wie ein Gemälde und betonen ihre hohen Wangenknochen und dünne Nase. Sie sieht großartig aus.

Da erst fällt mir auf, dass sie auf meine Gedanken geantwortet hat.

„Kannst du Gedanken lesen?"

Lachesis lacht auf. „Natürlich, wie könnten wir sonst dein Schicksal bestimmen?"

„Heißt das, es ist noch nicht alles entschieden?"

Atropos lacht kalt und humorlos. „Aha, ein kluges Köpfchen. Seid vorsichtig, Schwestern, sie könnte unsere bösen Pläne durchschauen."

Klotho schnalzt missbilligend mit der Zunge. „Atty, hör mit diesem Theater auf. Sie ist unsere Gästin, und du solltest sie entsprechend behandeln."

Atropos starrt sie finster an. „Ich hab sie nicht eingeladen."

„Nein, aber Lach und ich haben das getan, also bist du überstimmt. Entweder benimmst du dich jetzt anständig, oder du kannst gehen."

Die goldblonde Frau scheint davonstürzen zu wollen, besinnt sich dann aber eines Besseren und bleibt.

Ich nutze diesen ruhigen Moment und frage „Wo sind meine Gefährten?"

Atropos schaut verächtlich, aber Klotho lächelt gutmütig. „Sie sind nebenan, mach dir um sie keine Sorgen. Du hast jetzt sicher eine Menge Fragen..."

„Ich will sie sehen", unterbreche ich sie, und ihr Lächeln wird etwas unsicher.

„Wie du willst. Folge mir."

Sie schwingt ihren Mantel um sich und verlässt das

Zimmer, ich eile ihr hinterher. Die beiden anderen Moiren bleiben zurück, aber das ist mir egal. Ich muss erst meine Männer sehen.

Wir befinden uns in einem luftigen, lichtdurchfluteten Gebäude. Weiß getünchtes Holz reflektiert das Sonnenlicht, das durch die hohen Fenster zu beiden Seiten des Flurs eindringt. Irgendwie erinnert mich das an einen Strandpavillon, den ich mal auf einem Foto von Südengland gesehen habe.

Klotho sieht sich nicht nach mir um, während wir durch das Haus eilen, und beachtet die Türen zu beiden Seiten des Korridors nicht weiter. Also sind die anderen nicht nebenan, wie sie erst behauptet hat.

Sie bleibt schließlich vor einer reich mit Schnitzereien verzierten weißen Tür stehen. Die sieht aus, als wäre sie in einem Museum besser aufgehoben als in einem normalen Haus. Sie klopft an, wartet aber keine Antwort ab, bevor sie eintritt.

Drinnen liegen zwei Bären und schlafen auf dem Fußboden liegend, umarmen sich dabei. Es sind Húnn und Ràn, meine Männer.

„Und wo sind die anderen?"

Sie zuckt mit den Schultern. „Das Portal hat sich geschlossen, bevor sie durchkommen konnten. Sie sind noch auf der Erde."

Ich dränge mich an Klotho vorbei und eile zu ihnen, knie mich an Húnns Seite. Er scheint nicht verletzt zu sein, reagiert aber auch nicht, als ich ihn berühre.

„Húnn?", frage ich erst leise, dann immer lauter: „Húnn! Ràn!"

Sie zucken nicht einmal. Aber sie atmen, sind also am Leben.

Tsss, Isla, denk nicht einmal an die Alternative! Natürlich sind sie am Leben. Alles andere ist undenkbar.

„Sie schlafen", erklärt Klotho, und ich entgegne wütend „Das sehe ich! Aber warum wachen sie nicht auf?"

„Sie haben meine Schwestern bedroht, deshalb mussten wir sie in Schlaf versetzen. Sie haben sich außerdem geweigert, eine Wandlung vorzunehmen, was die Kommunikation mit ihnen sehr erschwert hat." Sie lächelt. „Jetzt hast du gesehen, dass es ihnen gut geht; können wir also zurückgehen?"

Ich starre sie empört an. „Weck sie auf!! Sofort."

Meine Stimme hat jetzt einen knurrenden Unterton, aber sie zuckt nicht zurück, wie ich insgeheim gehofft hatte. So langsam gelange ich zu der Überzeugung, dass sie gefährlicher als Atropos sein könnte. Wobei keine von ihnen ungefährlich ist. Das sind hier schließlich die Moiren – sie mögen zwar wie hübsche Frauen aussehen, würden aber sicher keine Sekunde zögern, meinen Lebensfaden abzuschneiden.

„Das halte ich für keine gute Idee. Lass uns zurückgehen und über alles reden", sagt sie mit süßer Stimme.

„Nein. Ich will sie in wachem Zustand sehen."

Sie lächelt weiter.

„Das ist leider nicht möglich."

„Und wieso nicht?", poltere ich. „Habt ihr wieder Mist gebaut?"

Diesmal zuckt sie leicht zusammen, gewinnt aber sofort ihre Selbstbeherrschung zurück.

„Wir machen keine Fehler. Jetzt komm schon mit, sonst lasse ich sie länger schlafen als dir lieb sein dürfte."

In mir steigt der blanke Hass auf sie und ihre Schwestern auf. Was glauben diese Weiber denn, wer sie sind? Sie spielen mit unseren Leben und scheinen sich um die Folgen nicht zu scheren. Wahrscheinlich tun sie das schon so lange, dass sie jedes menschliche Mitgefühl verlernt haben. Falls sie das je besessen haben. Vielleicht waren sie schon immer solche Miststücke.

„Pass auf, was du sagst", erwidert sie leise. „Die Menschen sind früher vor uns im Staub gekrochen. Du darfst dich glücklich schätzen, überhaupt in unserer Gegenwart zu sein."

„Tue ich aber nicht", gebe ich mit angewidertem Gesichtsausdruck zurück. Ich werde mich ihnen nie beugen. „Und ich werde diesen Raum nicht verlassen, bevor du nicht meine Gefährten aufgeweckt hast."

Ihr Lächeln wird breiter. „Aber du hast doch nur mit einem der beiden eine Verbindung?"

Verdammte Hexe. Am liebsten würde ich ihr eine runterhauen.

„Mit dem anderen hole ich das bei nächster Gelegenheit nach."

„Aber wirst du eine solche Gelegenheit erhalten?" Sie lässt diese Frage nachwirken. Und sie genießt sicher meine Unsicherheit, während sich mir das Herz zusammenzieht. Klar, werde ich die Chance bekommen und mit Húnn die

Bindung eingehen. Natürlich wird er Teil meiner Rotte sein. Meines Harems. Zu meinen Männern gehören.

Das steht doch außer Frage. Selbst wenn ich meinen Lebensfaden den Moiren entreißen und Herrin meines eigenen Schicksals werden müsste. Was ich im Moment für eine gute Idee halte.

Klothos Gesichtsausdruck verhärtet sich, als sie meine Gedanken liest.

„Das haben nur eine Handvoll Leute geschafft. Und sie alle haben Unglück über uns gebracht, über die ganze Welt. Glaub mir, das willst du nicht zu verantworten haben."

„Dann weck meine Männer auf", fauche ich, während ich mit der Hand durch Húnns Fell fahre und ihn zurückhaben will. Ich brauche ihn – sie alle. Ich strecke die Hand auch nach Ràn aus und streichele ihn. Da kribbelt etwas in meinem Arm. Durch unsere Verbindung vielleicht? Das geschieht jedenfalls nicht, wenn ich Húnn berühre, muss wohl so sein.

Klotho seufzt frustriert. „Wenn du darauf bestehst!"

Sie schwenkt herablassend die Hand, und Húnn atmet tief ein und öffnet die Augen. Ràn beginnt zu schnarchen. Trotz des Ernstes der Lage muss ich lachen. Ein Bären-Schnarchen ist ziemlich durchdringend.

Húnn streckt seine Vorderpfoten von sich und sieht sich um. Ihm scheint nicht klar zu sein, dass er sich an einem unbekannten Ort befindet und in Gefahr sein könnte. Er steht auf und schüttelt sein Fell.

Ràn schläft weiter, aber es ist nicht länger ein so unnatürlich koma-ähnlicher Schlaf wie zuvor. Ich streichele das weiche Fell auf seiner Stirn und hinter den Ohren. Er atmet tief ein, wacht aber nicht auf.

„Du hast doch gesagt, du würdest ihn wecken", wende ich mich protestierend an Klotho, die uns neugierig zusieht.

„Er will offenbar nicht."

Húnn dreht sich um und sieht mich an. Merkwürdig... Er scheint mich nicht zu erkennen.

„Pelja?", frage ich zögernd. „Ich bin es, Isla."

Er beschnüffelt meine Beine. Ich halte ihm meine Hand hin, und er beschnüffelt auch die. Normalerweise würde er sie lecken. Das ist zwischen uns eine Art Ritual geworden. Aber diesmal öffnet er sein Maul und knurrt.

Ich mache einen Schritt zurück, bin überrascht über seine Aggressivität. Warum macht er das?

„Húnn, ich bin es! Deine Isla!"

Allis, rufe ich im Innern meines Kopfes. Ich brauche dich.

Sie antwortet nicht. Wenn ich sie nicht erreichen kann und Pelja nicht er selbst ist...

„Was habt ihr mit ihm angestellt?"

„Vorsichtsmaßnahmen."

Der Bär, der nicht wirklich Pelja ist, nähert sich mir und knurrt erneut. Es gibt kein Anzeichen, dass er mich erkennt.

Scheiße.

Er weiß nicht, wer ich bin. Und er sieht sehr wütend aus. Dabei war er vor kurzem noch so ruhig... Langsam wird mir recht mulmig zumute.

„Pelja, beruhige dich. Du kennst mich doch – erinnere dich...“

Er stellt sich auf die Hinterbeine und wirft sich in die Brust, bevor er sich wieder auf alle viere fallenlässt. Ein schlechtes Zeichen. Er zeigt mir, wie stark er ist.

„Klotho, es nutzt doch keinem, wenn er mich jetzt angreift. Oder dich. Mach ihn bitte wieder normal!“.

Sie seufzt. „Das hab ich dir doch gleich gesagt.“

Pelja zwinkert und wischt sich mit der Pfote über die Augen. Er schwankt, verliert die Kontrolle über seine Beine. Er sinkt zu Boden und schläft kurz darauf wieder fest. Ràn schnarcht noch immer.

Erst jetzt fällt mir auf, wie ich zittere. Und ich habe keine Ahnung, was ich tun soll. Meine Bären erkennen mich nicht. Zwei von ihnen sind gar nicht hier. Und ich bin drei gruseligen Frauen ausgeliefert, die irgendetwas von mir wollen. Denen ich aber nicht trauen kann. Sie haben doch schon einmal alles durcheinander gebracht, warum sollte ich glauben, dass sie jetzt bessere Absichten haben. Vielleicht sind sie ja ganz froh darüber, dass die Bärenwandler aussterben. Oder es ist ihnen gleichgültig. Ich muss jedenfalls vorsichtig sein.

„Das war lustig“, sagt Klotho und lächelt zufrieden. Zicke. Warum tut sie das meinem Bären an? Nur so zum Spaß? Haben die Moiren so viel Langeweile?

„Kommst du jetzt mit mir zurück?“, fragt sie, und diesmal folge ich ihr. Es scheint zwecklos, sie zu bitten, Húnn und Ràn aufzuwecken. Die würden mich sowieso nicht erkennen.

Also an die Arbeit!

KAPITEL NEUN

Wir treffen die anderen Moiren in dem Zimmer, wo ich aufgewacht bin. Airlea, das etwas gruselige Mädchen, ist glücklicherweise nicht mehr da. Drei alterslose Frauen reichen mir völlig. Zumal ich nicht weiß, was sie von mir wollen.

Irgendwie sind in dem Zimmer weiße gewebte Sessel aufgetaucht, die mit Sicherheit vorher nicht hier waren. Ein wirklich sonderbarer Ort voller Magie. Gefällt mir nicht unbedingt.

Lachesis bedeutet mir, mich hinzusetzen, und instinktiv wähle ich den Sessel, der der Tür am nächsten ist. Ich fühle mich in ihrer Gegenwart nicht wohl. Und bedauere sehr, dass ich das alleine durchstehen muss und nicht die Unterstützung meiner Männer habe.

Um mir Mut zu machen, denke ich daran, dass ich den größten Teil meines Lebens auf mich gestellt war und überlebt habe. Es ist mir schließlich gelungen, es mehr als zehn Jahre bei meinem Onkel auszuhalten, da werde ich auch eine Stunde oder so mit den Moiren durchstehen.

„Airlea hat dich also über die Bären-Situation informiert?“, beginnt Lachesis ohne weitere Einleitung.

„Falls sie die Notiz hinten in dem Buch vom Handelsschiff geschrieben hat, dann ja. Aber sie hat da nur gesagt, bei jemandem sei der Faden abgerissen und dass ihr ihn wieder anknüpfen müsst.“

Atropos kichert. „Ich habe euch doch gleich gesagt, dass es nichts bringt, Airlea zu schicken. Sie ist nur im Bett gut zu gebrauchen.“

Sie sieht mich an, als sei es mein eigener Fehler, dass ich nicht besser Bescheid weiß. „Also, ich will dir die ganze Geschichte erzählen. Vor ungefähr zweihundert Jahren hat ein Mann namens James Van Deen herausgefunden, dass es Bärenwandler tatsächlich gibt. Er beneidete sie um ihre Kraft und suchte nach allem Wissenswerten, was er über sie finden konnte. Über Bärenwandler steht nicht viel geschrieben, aus gutem Grund, aber es gelang ihm, etliche Erkenntnisse zusammenzutragen. Jedenfalls genug, um die Verbindung zwischen dem Sternzeichen des Kleinen Bären mit der Bären-Mythologie herzustellen.“

„Irgendwie gelang es ihm, Callistos Sohn zurück auf die Erde zu locken“, fährt Lachesis fort. „Zu dem Zeitpunkt war sein Faden schon etwas ausgefranst, wir kennen also auch nicht alle Einzelheiten.“

„Wie konnte sein Faden ausfransen?“, unterbreche ich sie.

Klothos perlmuttfarbene Wangen röten sich etwas. „Da war eine Ablenkung dran schuld“, murmelt sie.

Lachesis fährt fort, ohne ihre Schwester zu beachten. „Er hat Arkas gezwungen, mit ihm den Bund einzugehen, wodurch dieser praktisch zum Sklaven des Menschen wurde. Van Deen wurde, wie von ihm beabsichtigt, selbst zum Bärenwandler, was ihm aber noch nicht genügte. Ihm war aufgefallen, dass er jetzt zwar stärker war als die Menschen, diese aber nicht besser auf ihn hörten als zuvor. Er hatte noch immer nicht die Macht, nach der er sich so sehnte. Er glaubte also, wenn es mehr seiner Art gäbe, könnte er mit Gewalt mehr Respekt einfordern. Er wollte das Sagen haben, herrschen. Und der Weg dahin waren Kinder".

„Er fing an, Frauen zu vergewaltigen, Dutzende, wenn nicht gar Hunderte", erklärt Atropos überraschend leise. Da klingt etwas wie Bedauern oder Traurigkeit mit. „Einige von ihnen brachten sich vor der Zeit um, aber die meisten trugen die Kinder aus. Neue Bärenwandler. Aber im Gegensatz zu den Kindern von natürlichen Bärenwandlern waren diese gezüchteten viel wilder. Sie konnten sich direkt nach der Geburt wandeln, und ihre menschliche Seite war unterentwickelt. Einige brachten ihre Mütter um. Oder sie töteten sich gegenseitig. Es war das reine Gemetzel. Aber Van Deen machte weiter, zeugte immer mehr Kinder. Diejenigen, die überlebten, bildete er aus. Da er Arkas in sich trug, konnte er sie beherrschen. Sie konnten sich seiner Kontrolle nicht entziehen. Als die ersten Jungen die Geschlechtsreife erreichten, befahl er ihnen, sich nun gleichfalls Frauen zu suchen und sie zu vergewaltigen. Es war eine groß angelegte Aktion, und Van Deen konnte sie irgendwann nicht mehr geheim halten. Um also seine Spuren zu verwischen, umzäunte er im Osten Kanadas ein Gelände und gab vor, Anführer einer religiösen Sekte zu sein. Auf diese Art hatte er die gewünschte Ruhe, konnte aber auch gelegentlich einen neugierigen Besucher in seine Sekte aufnehmen oder gefangen setzen, je nach Geschlechtszugehörigkeit."

Jetzt stehen Atropos Tränen in den Augen. Und ich kann mich auch kaum noch beherrschen. Was für ein Monster dieser Kerl war! Wie viele Leben er wohl zerstört hat – und wie viele Menschen getötet?

„So viele Lebensfäden wurden beschädigt oder abgeschnitten..."

Das lässt mich vermuten, dass sie weniger um die Menschen weint als vielmehr ihre kostbaren Schicksalsfäden.

„Ohne unsere Fäden gäbe es schließlich kein Leben", weist mich Klotho zurecht, hat ganz offensichtlich wieder meine Gedanken gelesen. „Du solltest etwas mehr Respekt für unsere Arbeit an den Tag legen."

Ich seufze. „Und was geschah dann?", frage ich müde. Das alles zehrt mich emotional aus. Ich will endlich meine Männer wiederhaben und dann in mein Häuschen heimkehren.

„Als wir ihn aufhalten wollten, riss sein Faden. Er war schon zu stark beschädigt gewesen, wir konnten da nichts mehr tun. Er war also plötzlich losgelöst, und wir konnten ihn nicht erreichen. Wir haben Dienstboten ausgesandt, aber keinem gelang es, ihn zu neutralisieren."

Wenn die alle so kompetent waren wie Airlea, wundert mich das nicht. Aber das sage ich nicht laut.

„Wir hatten nur eine weitere Möglichkeit", fährt Lachesis fort. „Wir mussten verhindern, dass weitere Bärenwandler geboren wurden. Es gab aber keine Möglichkeit, zwischen Van Deens Missgeburten und natürlichen Bärenwandlern zu unterscheiden."

„Weshalb es keine weiteren Jungen von Bärenwandlern gibt", schlussfolgere ich. „Aber du sagst, das geschah vor zweihundert Jahren. Meine Gefährten sind alle um die zwanzig."

„Wir haben erst vor zwanzig Jahren damit begonnen, weitere Junge zu verhindern", erklärt Klotho.

„Aber..."

„Aber das bedeutet, dass Van Deen noch lebt, ja", bestätigt Lachesis. „Die Tatsache, dass sein Faden verlorenging zusammen mit dem Umstand, dass er Arkas zu seinem Sklaven gemacht hatte, führte zu einer dramatischen Verlängerung seines Lebens. Er ist wohl kaum unsterblich, dürfte aber noch einige Zeit vor sich haben."

„Stellt er für Menschen immer noch eine Gefahr dar?", frage ich, und Lachesis nickt.

„Er will nicht wahrhaben, dass es keine weiteren Wandlerbabys mehr geben wird. Er befiehlt seinen Söhnen weiterhin, Frauen zu schwängern. Und er selbst fährt ebenfalls fort damit. Die Frauen müssen weiter leiden – aber genug ist genug."

Ihre Stimme ist hart und bestimmt geworden. Endlich entdecke ich ein wenig Menschlichkeit im Gesichtsausdruck dieser Moira. Sie ist wütend auf Van

Deen, trauert um die Frauen, sucht verzweifelt nach einer Lösung.

Genau wie ich.

„Wie kann ich euch helfen?"

Mir schwirrt der Kopf. Was die Moiren da von uns verlangen, besonders von mir, - das ist einfach unmöglich. Und ich kann diese Entscheidung nicht alleine treffen, weshalb ich darum gebeten habe, die Sache erst mit meinen Männern besprechen zu können. Diesmal war Klotho sehr viel zuvorkommender. Airlea ist nach Inchbrach zurückgeschickt worden, um Finn und Torben zu holen, während Klotho Húnn und Ràn aufwecken will. Diesmal richtig. Keine Ahnung, warum sie das nicht gleich beim ersten Mal getan hat. Das hätte viel Hin und Her vermieden. Und ich wäre viel früher bereit gewesen zuzuhören.

Húnn wandelt sich sofort, nachdem er aufgewacht ist.

„Raus!", rufe ich Klotho zu, ich will nicht, dass sie meine Männer nackt sieht. Sie kichert, lässt uns aber alleine.

„Húnn?", frage ich zögernd und hoffe inständig, dass er diesmal er selbst ist.

„Isla." Er öffnet seine wunderschönen Augen und sieht mich lächelnd an. „Ich hatte da so einen merkwürdigen Traum..."

Ich kann nicht anders, beuge mich über ihn und gebe ihm einen Kuss. Nie war ich so froh, seine Lippen auf meinen zu spüren. Fast hätte ich ihn verloren, meinen Húnn. Jetzt darf er mir nie mehr von der Seite weichen. Am liebsten würde ich ihn mit einem Seil an mich fesseln.

Ich küsse ihn leidenschaftlicher, bis sich Ràn hinter uns räuspert.

„Bekomme ich auch einen?"

Ich knabbere noch kurz an Húnns Unterlippe, dann ziehe ich mich zurück und drehe mich zu Ràn um.

„Aber natürlich."

Ich schlinge meine Arme um seinen Nacken, und er zieht mich eng an sich. Ich bin so glücklich, ich könnte glatt in Tränen ausbrechen. Auch er küsst mich leidenschaftlich, von Anfang an mit Zunge. Ich lasse es geschehen, genieße auch hier seine Lippen auf meinen.

„Ich wusste doch, wir verpassen hier was."

Ich wirbele herum und kreische vor Freude, als ich Torben und Finn den Raum betreten sehe. Ich werfe mich erst Torben, dann Finn in die Arme und gebe ihnen einen flüchtigen Kuss. Es ist so schön, sie alle wieder um mich zu haben.

„Wie seid ihr so schnell hierhergekommen", frage ich, was Finn mit einem Schulterzucken beantwortet.

„Wir hatten das Portal schon gefunden und haben gerade diskutiert, ob wir hindurchgehen sollen, als das komische Mädchen kam und uns bat, ihr zu folgen. Was geht hier vor? Ich nehme an, das ist das Haus der Moiren?"

„Ja, und sie haben Großes vor", seufze ich. „Wir sollten uns lieber hinsetzen. Hat jemand zufällig für die Beiden was zum Anziehen?"

Ich zeige auf die Bärenbrüder, die noch immer nackt sind.

„Und wieso seid ihr überhaupt angezogen?"

Als ich Finn und Torben zuletzt gesehen habe, hatten sie ihre Bärengestalt, sie sollten nach der Wandlung also eigentlich auch nackt sein.

Finn zuckt wieder mit den Schultern. „Als wir durch das Portal gegangen sind, hatten wir plötzlich diese Sachen an."

Er sieht an sich hinab, und ich folge seinem Blick. Er trägt eng anliegende schwarze Hosen und ein weißes Hemd. Damit könnte er zu jedem offiziellen Anlass gehen. Torben sieht ähnlich aus, er hat dazu sogar noch eine Krawatte um. Ich lache in mich hinein – ein Wikinger im Anzug! Das mit dem Wikinger ist immer noch ein Witz zwischen uns beiden. In mir zieht sich vor Scham immer noch alles zusammen, wenn ich daran denke, wie ich ihn damals nach seinem Wikingerboot gefragt habe. Die unpassendste Frage, die man sich vorstellen kann.

„Stört's dich denn, dass wir nackt sind?", fragt Húnn und zwinkert mir zu.

„Das lenkt mich zu sehr ab", antworte ich. „Wir müssen hier was Wichtiges besprechen, und ich kann mich schlecht konzentrieren, wenn ich da eure ... Schwänze baumeln sehe."

Manche Wörter kommen mir immer noch schwer über die Lippen, denn die hätte ich auf Salvation Island nie aussprechen dürfen. Aber ich mache Fortschritte.

Ohne Vorwarnung greift Húnn nach mir und zieht mich auf seinen Schoß. Der immer noch nackt ist. Sonst jederzeit, aber im Augenblick kann ich das nicht wirklich genießen.

Ich warte, bis sie alle um mich herum Platz genommen haben, dann stelle ich die große Frage.

„Habt ihr je getötet? Also keine Beute. Menschen..“

Ich habe die Worte kaum ausgesprochen, da könnte ich mich ohrfeigen. Klar doch, Ràn und Húnn haben ihren Vater getötet. Ob die anderen das wissen?

„Also Leute, die ihr vorher nicht gekannt habt“, füge ich schnell hinzu, um es ihnen zu erleichtern.

Torben knurrt. „Beschuldigen uns die Moiren etwa, Menschen getötet zu haben?“

„Nein...“ Ich zögere. „Aber sie wollen, dass wir es tun.“

„Was?!“ Finn ist aufgesprungen und ganz außer sich.

„Also keine Menschen. Wandler. Die entarteten Bärenwandler. Wenn die erledigt sind, können die Moiren zulassen, dass wieder Wandlerjunge geboren werden.“

„Das ist doch Blödsinn“, wütet Finn, „wenn sie Leute umbringen wollen, sollen sie Killern den Auftrag geben. Aber doch nicht uns.“

„Ja, wieso wir?“, fragt auch Torben. Seine Stirn zeigt die tiefsten Falten, die ich je an ihm gesehen habe – und Torben legt sie oft in Falten.

„Weil wir ihnen eine Wahl lassen können. Sie werden vor die Alternative gestellt, dauerhaft eine Gestalt anzunehmen, Mensch oder Bär, und die dann ein Leben lang zu behalten oder getötet zu werden.“

„Wie kann jemand solch eine Entscheidung treffen?“, fragt Húnn verwirrt. „Wenn ich mich für die menschliche Gestalt entscheiden würde, hieße das, Pelja wäre auf ewig in mich eingeschlossen, könnte nie wieder frei herumlaufen. Das könnte ich ihm doch nie antun."

Ich wünschte, eine der Moiren wäre hier und würde mir mit den Erklärungen helfen. Ich spiele hier den Advocatus Diaboli.

„Diese Wesen sind nicht wie wir", versuche ich zu erklären. „Sie haben keinen eigenen Bären. Sie sind beides gleichzeitig, praktisch mit ihrem inneren Tier verwachsen, weshalb sie ja auch so verwildert sind. Aber die Moiren gehen davon aus, dass einige von ihnen wenigstens so viel Verstand haben, eine Wahl treffen zu können. Also möchten sie, dass wir diese Wandler aufspüren. Sie wollen sie gar nicht alle töten, bieten ihnen auf diese Weise die Chance, sich zu retten. Wenn die Moiren ihnen die Fähigkeit nehmen, sich zu wandeln, wird es auch keine Babys mehr geben.

„Babys?", fragt Ràn verwirrt, und ich geben ihnen einen kurzen Abriss von allem, was mir die Moiren über Van Deen erzählt haben.

Danach herrscht völlige Stille. Sie sind alle sprachlos und genauso entsetzt wie ich es war, als ich vor etwa einer Stunde diese Geschichte gehört habe.

„Van Deen ist auch noch am Leben", fahre ich fort. „Die Moiren können ihn nicht erreichen, weil sein Faden durchtrennt wurde. Das ist jetzt unsere Aufgabe. Aber wir können ihn nicht einfach umbringen. Das würde auch Allis' Sohn Arkas töten. Wir müssen ihn dazu bringen, dass er Arkas die Freiheit gibt."

Torben lacht freudlos. „Einen Verrückten dazu bringen, die Quelle seiner Macht zu opfern? Da überschätzen die Moiren wohl unsere Überredungskunst."

Ich verziehe das Gesicht. „Sie meinen, er würde vielleicht aufgeben, wenn er plötzlich allein und ohne seine Wandler-Armee dasteht."

„Unwahrscheinlich", grummelt Torben, und ich stimme ihm zu. Van Deen scheint niemand zu sein, der einfach so aufgibt.

„Die Alternative ist wohl, ihn lebendig zu fangen und ihn irgendwo gefangen zu halten, wo er nicht entfliehen kann", denke ich laut nach. „Vielleicht auf einer Insel? Wir müssten aber dafür sorgen, dass er am Leben bleibt. Allis würde verrückt werden, wenn ihr Sohn dabei umkäme – jetzt, wo sie weiß, dass er noch am Leben ist."

Allis? Hörst du zu?

Immer noch keine Antwort.

„Allis hat nicht mehr mit mir gesprochen, seit wir durch das Portal gegangen sind", erkläre ich den Männern, die mich daraufhin besorgt anschauen.

„Ist das vorher schon einmal geschehen?", fragt Húnn.

„Sie lässt mich normalerweise alleine, wenn ich – ähm – mit euch zusammen bin oder wenn sie verärgert ist. Aber nie, wenn es wirklich wichtig ist."

„Könnten die Moiren etwas damit zu tun haben?"

Ich seufze. „Das dachte ich zuerst auch, aber jetzt, wo sie unsere Hilfe brauchen – warum sollten sie so etwas tun?"

Húnn legt seine Hände auf meine Schultern und beginnt, sie zu massieren. Ich seufze einmal mehr, jetzt aber voller Zufriedenheit. Wenn ich gewusst hätte, dass er darin so gut ist, hätte ich jeden Abend seine Dienste in Anspruch genommen. Gut, dazu wird er von nun an verpflichtet. Er weiß es nur noch nicht. Ich wollte schon immer einen persönlichen Masseur haben.

„Es gibt dafür sicher eine plausible Erklärung", sagt er, während er eine besonders verspannte Stelle knetet. „Kann man die Moiren danach fragen oder würden sie das als Schwäche auslegen?"

„Sie können unsere Gedanken lesen, wissen also ganz bestimmt, dass ich darüber nachgedacht habe. Wahrscheinlich wissen sie auch, dass wir gerade jetzt darüber reden."

„Nochmal zurück zu der Sache mit dem Töten", sagt Ràn bedächtig. „Ich glaube nicht, dass ich das könnte. Höchstens, wenn du oder einer von uns sich in Gefahr befände. So etwas liegt uns einfach nicht. Diese anderen Leute – oder Wandler -, die haben sich ja auch nicht wissentlich dafür entschieden so zu sein, wie sie nun einmal sind. Wenn sie Verbrechen begangen haben, muss man sie zur Rechenschaft ziehen, keine Frage, aber dass wir da einfach so hergehen und sie umbringen sollen – nein, das geht nicht."

Ich nicke. Das entspricht auch meiner Einstellung. Wenn uns die Moiren angeblich so gut kennen, warum schlagen sie so etwas überhaupt vor? Sie sollten wissen, dass wir uns darauf nicht einlassen.

„Das sehe ich genauso", sagt Torben mit seiner tiefen Stimme. „Ich habe kein Problem damit, nach diesem Van Deen Typen zu suchen, aber ich werde keine Wandler umbringen. Von uns gibt es doch sowieso nur noch so wenige. Manche von denen mögen zwar verwildert sein, aber vielleicht gibt es auch einige, die so sind wie wir."

„Ich habe einmal getötet", flüstert Húnn, bevor er mit lauterer Stimme fortfährt, „aber damals habe ich meinen Bruder verteidigt. Ich bin kein Unhold. Diese Frauen denken vielleicht, dass wir selbst wie Tiere sind, nur weil wir uns in solche wandeln können. Aber das stimmt nicht. Wir haben moralische Grundsätze und auch Gesetze. Wenn bei uns Wandlern jemand diese Gesetze bricht, tötet man sie nicht. Sie bekommen ein Verfahren, gehen vielleicht ins Gefängnis oder erhalten eine Geldstrafe, aber es gibt keine Todesstrafe. Also warum sollten wir auf einmal gegen unsere Grundsätze handeln?"

„Also stimmen wir alle darin überein". Ich bin erleichtert, dass sie darüber genauso denken wie ich.

„Aber was sollen wir jetzt tun?", fragt Finn. „Die Moiren hätten doch sicher einen anderen Vorschlag gemacht, wenn es eine Alternative gäbe?"

„Dann wollen wir sie mal fragen."

Ich klettere von Finns Schoß, aber bevor ich an der Tür bin, wird sie schon geöffnet, und die Moiren treten ein. Klar, dass sie uns belauscht haben, wie konnte ich das vergessen.

„Da schau einmal an", lacht Atropos verächtlich, „die Schöne und die Biester haben sich wieder."

Torben scheint etwas erwidern zu wollen, kann sich aber beherrschen und bleibt ruhig. Aber es ist ein innerer Kampf. Wie kann sie meine Männer nur so abwertend benennen!

„Wir werden niemanden töten", verkünde ich

zwischen zusammengebissenen Zähnen. „Ihr müsst euch dafür jemand anderen besorgen. Oder es am besten gleich selbst tun. So ein bisschen wahres Leben könnte euch sicher nicht schaden."

„Meinst du im Ernst, wir hätten das nicht schon getan, wenn wir diesen Ort verlassen dürften?", fragt Atropos wütend. „Wir sind hier gefangen und können nur zuschauen."

Oh. Das erklärt einiges. Zum Beispiel, warum sie Airlea geschickt haben statt selbst zu kommen. Und warum sie auf Inchbrach ein Portal brauchen. Wieder ein Rätsel gelöst, aber viele bleiben noch.

Ich kann aber nicht anders und frage „Wie lange seid ihr in diesem Haus schon gefangen?"

Klotho zuckt mit den Schultern, aber ein Hauch ihrer Traurigkeit dringt selbst bis zu mir vor.

„Seid unser Vater uns verflucht und zu den Moiren gemacht hat." Sie sieht ihre Schwestern fragend an. „Das dürften schon zweitausend Jahre her sein, oder? So genau weiß ich das nicht."

Wow.

„Wer hat sich denn vor euch um die Schicksalsfäden gekümmert?", frage ich neugierig. Und diese Neugier ist hoffentlich nicht des Bären Tod.

„Die alten Moiren natürlich", sagt Atropos herablassend. „Das ist eine Berufsbezeichnung, kein Name."

Da bleiben so viele offene Fragen ... Wer war ihr Vater? Warum hat er sie verflucht? Wer waren ihre Vorgängerinnen? Wenn wir sie doch nur unter anderen

Umständen getroffen hätten! Dann hätte ich sie sicher überreden können, mir ihre Geschichte zu erzählen. Wenn sie tatsächlich seit zweitausend Jahren nicht aus diesem Haus rausgekommen sind, müssen sie wirklich furchtbar gelangweilt sein. Ein Wunder, dass sie nicht verrückt geworden sind. Oder besser: noch verrückter.

„Wir werden niemanden für euch töten", verkündet Torben und wiederholt damit meine Worte. „Wir können versuchen, Van Deen zu fangen, aber wir werden niemanden umbringen."

Lachesis klatscht plötzlich applaudierend in die Hände.

„Sehr gut. Anscheinend seid ihr doch keine Bestien". Sie lacht hell und zeigt dabei ihre glänzend weißen Zähne.

Ich starre sie an, als mir klar wird, was das bedeutet. „Das war nur ein Test? Ihr wolltet gar nicht, dass wir sie töten?"

„Wir sind zwar die Moiren, aber nicht völlig herzlos", gibt Klotho zu bedenken.

„Ihr habt mich ganz schön reingelegt", murmele ich, was mir einen weiteren starren Blick von ihr einträgt.

Atropos macht einen Schritt vor, und irgendwie ahne ich schon, dass sie keine guten Nachrichten mitzuteilen hat, auch wenn wir jetzt keine Wandler mehr töten müssen.

„Diese verwilderten Wandler stammen alle von zwei Wesen ab: Van Deen und Arkas", erklärt sie. „Sein Schicksalsfaden ist zwar nicht länger Teil des Weltengewebes, aber er verfügt noch über einen Faden, und der ist um seine Kinder gelegt. Wenn man den zerschneidet, verlieren sie ihre Fähigkeit, sich zu wandeln. Sie werden sich nicht mehr vermehren können, und wir können das Verbot aufheben, das die anderen Wandler daran hindert, sich fortzupflanzen."

Sie hält inne, und ich warte auf die schlechten Neuigkeiten. Und ich meine zu wissen, worauf das alles hinausläuft.

„Das kann nur auf eine Art geschehen – Van Deen muss getötet werden. Und Arkas."

Neiiiiiiiiiiiiiiiiin, schreit Allis in meinem Kopf, und ich halte automatisch beide Hände an die Ohren. Was natürlich nicht das Entsetzen meiner Bärenfreundin ausblendet.

Bevor ich in irgendeiner Form reagieren kann, spüre ich, wie mein Körper sich wandelt und ich in die Dunkelheit gedrängt werde.

KAPITEL ZEHN

ALLIS

Sie wollen meinen Sohn töten. Meinen Arkas.

Das werden sie mit dem Leben bezahlen.

Ich werde alles tun, um ihn zu retten. Ich glaubte, er sei tot. Ich will ihn nicht noch einmal verlieren.

Ich richte mich auf, überrage sie alle. Ich bin ihnen an Kraft weit überlegen, sie haben keine Chance gegen mich.

Arkas.

Ich erinnere mich noch an die Zeit, als er ein Baby war, so klein, so zart.

Bärenjunge werden blind und hilflos geboren, was ich gar nicht wusste, bevor ich Arkas zur Welt brachte. Woher hätte ich das auch wissen sollen – ich hatte nie Kontakt zu Bären, bevor man mich selbst zu einem gemacht hat. Er war so niedlich, so völlig abhängig von mir. Er hatte keine Zähne, wofür ich dankbar wenn, wenn er an meinen Milchdrüsen saugte. Kurz nach seiner Geburt konnte er lediglich ein fiependes Geräusch produzieren, mit dem er auf sich aufmerksam machte, und dann saugte er.

Er hatte eine helle Stimme, und ich ließ alles stehen und liegen, wenn ich sie hörte. Ich lernte, ihn mit meinen Zähnen vorsichtig aufzuheben und ihn auf meinen Rücken zu hieven, wenn ich auf Nahrungssuche ging. Ich brauchte nicht viel, befürchtete aber, mein Milchfluss könnte zum Stillstand kommen, wenn ich nichts zu mir nähme.

Es dauerte Monate, bis er aktiver wurde. Seine Augen öffneten sich, und er ging auf erste Erkundungstouren, wollte seine Welt kennenlernen. Er war ein neugieriger kleiner Kerl und brachte sich oft in Schwierigkeiten. Jeder Tag war für ihn ein neues Abenteuer – und damit auch für mich, denn ich musste für seine Sicherheit sorgen.

So verbrachten wir drei gemeinsame Jahre als Bärenmutter und –sohn. Dann wandelte er sich zum ersten Mal in ein menschliches Kind.

„Allis, beruhige dich!", ruft Torben, und ich sehe auf ihn hinab. Er hat sich nicht gewandelt, die anderen auch nicht. Dumme Menschen. Ich könnte sie in Sekunden niedermachen. Schließlich bedrohen sie meinen Sohn.

Nein, warte mal, *sie* nicht.

Die Moiren.

Ich wende mich um zu den drei Frauen in ihren leichten weißen Roben und lasse ein bellendes Gebrüll los. Sie zucken nicht einmal zusammen, was mich nur noch wütender macht.

Ich lasse mich auf alle viere fallen, was das gesamte Gebäude erschüttert.

Arkas ist mein Sohn! Diese Botschaft schicke ich ihnen mental allen gleichzeitig, damit sie mich alle verstehen. *Ihr werdet ihm kein Haar krümmen!*

Solange ich lebe.

Ich wische mit meiner Tatze über den Boden und hinterlasse tiefe Kratzer in den weißen Holzpanelen.

Versprecht mir, dass ihr das nicht tut!

„Dein Sohn oder das Ende aller Bärenwandler", sagt die schwarzhaarige Hexe kalt. „Kannst du das verantworten? Dass du für ihr Aussterben verantwortlich bist?"

Ja! Er ist mein Sohn! Tötet mich, wenn's sein muss, aber lasst ihn in Ruhe!

Ich will, dass es auch künftig Wandler gibt. Sie sollen wieder Kinder haben können. Ich würde dafür alle Qualen der Hölle auf mich nehmen, wenn das etwas nützte. Aber nicht mein Sohn. Alles, nur das nicht.

Er war der erste Bärenwandler. Sie alle verdanken ihm ihr Leben.

„Gibt es denn keine andere Möglichkeit?", fragt Torben die Moiren und sieht dabei genauso hilflos aus, wie ich mich fühle. Ja, ich bin wütend, tobe äußerlich, aber tief im Innern empfinde ich nur Hilflosigkeit und Verzweiflung.

Kann ich sie wirklich dazu verurteilen, die letzten ihrer Art zu sein? Diese Männer da vor mir werden nie Kinder haben. Isla auch nicht, wo sie jetzt eine der ihren ist.

Isla.

Ich öffne die Schranken zwischen uns ein wenig, um sie hereinzulassen.

Wie geht's dir? fragt sie, und selbst ihre mentale Stimme zittert dabei.

Sie ist so besorgt. Ich habe ihr schon oft gesagt, dass sie zu viel Gefühl zeigt, zu schwach ist, aber in diesem Moment bin ich beinahe dankbar für ihr Mitgefühl. Sie hat Arkas in meinen Erinnerungen gesehen, kennt ihn wenigstens ein klein wenig. Sie wird mich besser verstehen als alle anderen.

Was würdest du an meiner Stelle tun? frage ich sie, auch wenn ich meine, die Antwort schon zu kennen. Sie hat noch keine Kinder, aber sie ist eine Frau. Es liegt ihr im Blut.

Ich würde sie sterben lassen, flüstert sie. *Ich würde sie nie meinen Sohn töten lassen, wenn ich es irgendwie verhindern könnte. Ich würde für ihn sterben. Ich bin auf deiner Seite, egal, wie du dich entscheidest.*

Auch wenn das bedeuten würde, dass du nie selbst Kinder haben kannst?

Sie lacht traurig. *Du glaubst, ich würde Arkas für rein hypothetische Kinder opfern, die ich vielleicht nie haben werde?*

Nein, das dachte ich nicht, und sie weiß es. Ich will ihr nur zeigen, dass sie eine von den anderen ist, damit ich sie hassen kann wie die anderen, ihnen allen die Schuld zuweisen, sie töten kann.

Meine wilde Seite droht wieder die Oberhand zu gewinnen, ich habe Mühe, sie zu beherrschen. Aber nur weil ich eine Bärin bin, heißt das ja nicht, dass ich mich wie eine Bestie aufführen muss. Dabei hat mir Arkas sehr geholfen. Nachdem ich verwandelt worden war und mich daran gewöhnt hatte, statt der Hände und Füße vier Pfoten zu haben, bin ich ziemlich Amok gelaufen. Ich genoss die Freiheit, die ich auf einmal hatte. Ich war kein netter Mensch ... keine nette Bärin. Ich habe mich gehen gelassen. Das änderte sich erst, als ich Arkas bekam und mich plötzlich um jemanden kümmern musste. Er zeigte mir, dass Bären nicht gewalttätig und ständig wütend sein müssen. Sie können auch sanfte, hingebungsvolle Mütter sein. Ihn in meinen Armen zu halten, war das Schönste, was ich je erlebt habe.

Dann starb er, und ich dachte, ich würde ihn nie wiedersehen. Aber vielleicht gibt es nun doch die Hoffnung, ihn noch einmal zu sehen. Ihn zu riechen. Sein Fell zu lecken.

Ich ziehe meine Krallen wieder über den Boden. Die Moiren beobachten mich, sehen beinahe gelangweilt zu. Die vier Männer zeigen mehr Mitgefühlt, halten aber Abstand, weil sie wissen, dass ich in meiner Wut unberechenbar bin.

„Ihr könntet versuchen, Van Deen zu überreden, sich freiwillig von seinem Bären zu trennen", beantwortet Lachesis Torbens Frage, die ich schon fast vergessen hatte. „Aber das ist höchst unwahrscheinlich. Er ist einer der selbstsüchtigsten, machthungrigsten Männer, die ich je gesehen habe."

Ich brülle vor Wut. Dieser Mann wird sterben. Langsam. Vor meinem geistigen Auge schlitze ich ihn auf und sehe seine Eingeweide zu Boden fallen. Dann reiße ich ihm die Kehle heraus und sehe zu, wie er an seinem eigenen Blut erstickt.

Er hat so viel Leid verursacht. Bei meinem Sohn, bei den Frauen, die er vergewaltigt hat, den Menschen, die er einer Gehirnwäsche unterzog, damit sie ihm folgten und nicht zuletzt bei seinen eigenen Kindern. Ich kann kaum glauben, dass ich nichts davon wusste. Bevor ich mich mit Isla verband, habe ich Bärenwandler beobachtet, aber nie daran gedacht, nach einem Ausschau zu halten, der ursprünglich einmal ein Mensch war. Hätte ich eines seiner Kinder gesehen, hätte ich geglaubt, es stammte aus einer Original-Wandlerfamilie, deren Mitglieder einfach woanders hingezogen waren.

Aber was nun?

Ich knurre. So kann ich meinem Frust etwas Ausdruck verleihen. Hier herumzustehen und den Fußboden zu zerkratzen wird nichts bringen.

Lachesis hat gesagt, wir könnten versuchen, ihn zu überreden. Vielleicht können wir ihn irgendwie austricksen. Oder ihn bestechen; ihn bedrohen.

Mir ist allerdings klar, dass die Chancen dafür gegen Null gehen. Wir bräuchten eine gehörige Portion Glück.

Allis, können wir uns wieder wandeln?, fragt Isla zögernd. *Ich würde gern mit den Männern sprechen.*

Ich schüttele mein Fell, genieße diesen Moment. Ich mag meine Bärengestalt. Das ist für mich eine Befreiung, trotz meiner beachtlichen Größe. Aber Isla hat recht, sie kann so nicht mit den anderen reden und ist sowieso besser mit diesem ganzen diplomatischen Gerede. Die Moiren sind ihr gegenüber vielleicht hilfsbereiter als bei mir.

Ich bin mir nicht sicher, ob sie noch einen Faden von mir in Händen halten, den sie manipulieren könnten. Vielleicht mögen sie mich deshalb so wenig. Und die Art, wie Atropos mich ansieht – andererseits war sie auch Isla gegenüber nicht gerade höflich, und mein Mädchen ist eine der nettesten Menschinnen, die ich kenne. Nun ja – Mensch-Gewesenen.

Seufzend lasse ich Isla übernehmen und verabschiede mich von meiner Bärengestalt. Isla wandelt sich geübt und elegant und übergeht selbstbewusst, dass ihr Umhang nun in seine Einzelteile zerrissen am Boden liegt.

Tut mir leid, murmele ich, und sie schickt mir mental ein Lächeln.

„Arkas wird nicht sterben", verkündet sie den Moiren und ihren Männern, und ich atme erleichtert auf. Braves Mädchen.

„Aber ich könnte mir vorstellen, er wird dieses Schicksal selbst wählen, wenn er erfährt, was sein Tod bewirken könnte."

Halt! Was tust du da, Isla? schreie ich sie an.

„Ich will ihm die Wahl überlassen", sagt sie laut. „Ich an seiner Stelle wäre gern bereit, für das Fortbestehen der Bärenwandler zu sterben. Ich bin jetzt eine von euch, ihr liegt mir am Herzen. Ich will nicht, dass es keine Bärenwandler mehr gibt – das wäre doch eine traurige Welt ohne euch."

Ich frage mich, wie sich Arkas wohl entscheiden würde. Ich habe ihn so lange nicht gesehen – der junge Mann, den ich einmal kannte, würde sich ohne zu zögern opfern. Er war selbstlos; Isla erinnert mich an ihn. Aber vielleicht hat er sich verändert. Er ist jetzt schon seit mehr als hundert Jahren Van Deens Gefangener. Das muss ihn schon irgendwie beeinflusst haben. Ob er wie sein Beherrscher geworden ist? Wie beim Stockholm Syndrom? Oder vielleicht hasst er jetzt alle Bärenwandler und kann zwischen Gut und Böse nicht mehr unterscheiden?

Oh, mein Arkas. Ich wünschte, ich hätte dich schützen können. Ich wünschte, ich hätte gewusst, dass du noch am Leben warst. Ich hätte Himmel und Hölle in Bewegung gesetzt, um dich wiederzubekommen. Ich wäre zu Zeus gegangen, zu jedem anderen Gott, und hätte ihn angefleht, dich mir zurückzugeben.

Aber jetzt ist es zu spät, und ich fürchte für dich. Für mich. Für uns alle.

KAPITEL ELF

*K*lotho ist so nett und reicht mir ein neues Gewand – keine Ahnung, wo sie das plötzlich hergezaubert hat -, und ich wickele mich in den weichen Stoff und bin froh, nicht länger nackt dazustehen. In den ein oder zwei Büchern, die ich über Werwölfe gelesen habe, ist dieses Problem nie aufgetreten. Wenn doch der Bärenwandler-Zauber auch Kleidung berücksichtigt hätte!

„Was ist, wenn Arkas sich für sein eigenes Leben entscheidet?", fragt Lachesis, und am liebsten würde ich ihr etwas an den Kopf werfen. Allis ist noch total aufgebracht, und ich befürchte, sie wird uns beide wieder wandeln, wenn sie noch wütender wird. Das tut zwar nicht weh, ist aber doch ermüdend, wenn es zu oft am Tag geschieht.

„Dann werden wir Van Deen überreden, sich von Arkas zu trennen", sage ich mit größerer Überzeugung als ich tatsächlich empfinde. Nach allem, was ich über ihn gehört habe, wird Van Deen dem nie zustimmen.

„Das glaubst du doch nicht einmal selbst“, lacht Atropos verächtlich. „Tu nicht so, als ob das nicht stimmte.“

Ich seufze. „Ja, ich glaube nicht, dass die Chancen gut stehen, aber wir müssen es versuchen. Wir müssen doch irgendetwas tun, das besser ist, als Allis‘ Sohn umzubringen.“

„Kleine praktische Zwischenfrage“, wirft Finn ein. „Der Kerl lebt doch in Kanada, oder? Wie sollen wir denn da hinkommen? Das Fischerboot unserer Freunde wird dafür wohl kaum geeignet sein.“

Lachesis zuckt die Schultern und meint herablassend „Wir werden ein Portal für euch öffnen“.

„Wartet mal, wir werden also jetzt gleich da hinfahren? So bald?“, frage ich völlig perplex. Ich hielt das vor ein paar Sekunden noch für eine rein hypothetische Frage und dachte, wir hätten noch Wochen oder Monate zur Planung.

„Ja, wenn wir mit unserem Gespräch fertig sind. Dann wird Airlea euch zu dem Portal bringen. Danach seid ihr auf euch gestellt.“

Torben legt die Stirn in Falten. „Wir machen also die Drecksarbeit für euch. Was tragt ihr denn dazu bei?“

„Wir beobachten“, erklärt Klotho kalt. „Und schneiden eure Fäden ab, falls nötig.“

„Das wird nicht nötig sein“, murmele ich. „Aber solltet ihr nicht viel eher unsere Fäden weben? Die

Entscheidungen für uns treffen? Könntet ihr nicht alles gut ausgehen lassen?"

Klotho wird rot. „So einfach ist das nicht."

„Willst du das näher erklären?"

„Nein."

Wenn Blicke töten könnten, wäre es wohl um mich geschehen. Wie konnte ich Klotho anfangs nur für die Netteste von ihnen halten? Vielleicht ist sie doch nur diejenige, der man die Schlechtigkeit am wenigsten leicht ansieht.

„Seid ihr bereit?", fragt Lachesis und sieht meine Männer der Reihe nach an.

Ob wir bereit sind? Worauf haben wir uns da nur eingelassen?!

Sie sehen alle genauso unvorbereitet aus wie ich. Erst vor wenigen Stunden haben wir noch ein Portal gesucht, das uns zu den Moiren bringen würde. Und die schicken uns jetzt nach Kanada zu einem Verrückten. Das kann nur ein schlechter Traum sein. Ein total abgedrehter.

„Könnten wir noch einen Moment allein sein?", fragt Torben, und der Missmut der Moiren darüber erfüllt den ganzen Raum. Ganz offensichtlich halten sie davon nichts, aber schließlich nickt Klotho und wendet sich zum Gehen.

„Ich gebe euch fünf Minuten, dann wird euch Airlea zum Portal bringen. Viel Glück."

Ich atme erleichtert auf, als die Tür sich hinter ihnen schließt.

„Und was nun?", fragt Hùnn; ich wünschte, ich hätte eine Antwort auf diese Frage.

Torben räuspert sich und reibt sich am Kinn. „Wir werden an einen Ort gelangen, den wir nicht kennen, wo es gefährliche, weil entartete Wandler gibt. Sie werden uns höchstwahrscheinlich angreifen, wir sollten sie aber nach Möglichkeit nicht töten. Irgendwie sollen wir dann einen Mann namens James Van Deen finden und ihn gefangen nehmen. Sicherheitshalber sollten wir ihn erst von dort wegbringen, bevor wir ihn auffordern, sich von Arkas zu trennen. Mit etwas Glück wird das Portal noch offen sein, und wir können ihn hierher bringen oder wo immer es sonst hinführen mag. Das müssen wir dieses Mädchen fragen, Airlea. Und wenn Arkas frei ist, können wir Van Deen auf einer Insel aussetzen oder ihn den Moiren überlassen, egal."

Torben seufzt tief auf. „Klingt doch ganz einfach, oder?"

„Wenn man all die Dinge nicht beachtet, die schieflaufen können, klar", grinst Finn. „Wie halten wir die anderen Wandler davon ab, uns zu töten?"

„Können wir uns unter sie mischen?", frage ich, kenne aber schon fast die Antwort.

„Nein, sie haben alle denselben Geruch, sie würden sofort erkennen, dass wir nicht dazu gehören", antwortet Ràn, was mich an die Geschichte erinnert, die er mir über seine Familie erzählt hat. Wie sein Vater am Geruch erkannt hat, dass Ràn nicht sein leiblicher Sohn war.

„Wir haben keine Ahnung, wie ihr Wohngelände aussieht und ob es bewacht wird", überlegt Torben weiter. „falls es mitten in der Wildnis liegt, ist es vielleicht unbewacht, und wir können uns unbemerkt anschleichen. Dennoch wird uns wahrscheinlich jemand riechen."

„Und was, wenn wir einfach reingehen und nach dem Anführer fragen?", wirft Húnn ein. „Dann schnappen wir ihn uns und hauen gleich wieder ab."

Torben schüttelt den Kopf. „Es wird da zu viele Leute geben, und wenn Van Deen die Kraft von Arkas besitzt, wird er nicht so einfach in Schach zu halten sein. Arkas war schließlich der erste Bärenwandler, er wird entsprechend stark sein."

Ja, mein Sohn war schon immer stark, erklärt mir Allis. *Aber ich bin noch stärker.*

Moment mal, heißt das, du könntest diese anderen Wandler unter deine Kontrolle bringen?"

Ja, ich glaube schon. Wird zwar nicht leicht, aber es müsste so lange reichen, dass die anderen in der Zeit Van Deen überwältigen können. Allerdings müssten sie mit ihm alleine fertig werden, dabei könnte ich ihnen nicht helfen. Und sie dürfen Arkas nichts tun.

„Allis sagt, sie kann helfen", erkläre ich den anderen. „Ihr wisst doch, sie kann diesen besonderen Zauber einsetzen und so alle anderen vor sich kuschen lassen."

Sie nicken kleinlaut; Allis hat das einmal an ihnen ausprobiert, als sie ihr keinen Anteil an ihrer Jagdbeute geben wollten. Das war ein unwirklicher Anblick, als selbst Torben vor ihr auf den Knien lag.

„Sie glaubt, dass sie die Gefolgsleute so daran hindern kann, euch anzugreifen", fahre ich fort. „Aber ihr müsst euch beeilen und Van Deen so schnell wie möglich schnappen. Sie weiß nicht, wie lange sie die anderen hinhalten kann."

„Das wäre eine enorme Hilfe", sagt Torben erleichtert.

„Mit Van Deen werden wir schon fertig, da steht's vier gegen einen."

Unterschätzt ihn nur nicht, warnt Allis. Wenn er auch nur einen Teil der Kraft meines Sohnes hat, wird das ein harter Kampf. Und er wird auf Leben und Tod kämpfen, während ihr ihn lebend haben wollt.

Ich übermittele ihre Worte, und die Männer nicken. Zum Glück nehmen sie ihre Warnung ernst. Übermut tut selten gut.

Wieder einmal bin ich froh, diese Männer an meiner Seite zu haben. Da stehen sie, bereit, für die Rettung ihrer Spezies in den Kampf zu ziehen. Andere würden wahrscheinlich lieber nach Hause gehen und es sich bequem machen, aber sie nicht. Nein, sie stehen für ihre Überzeugungen ein. Selbstlos und uneigennützig.

Meine Eierstöcke hüpfen schon wieder erregt auf und ab. Beruhigt euch, Mädels, ihr werdet sie bald wiederbekommen. Nach diesem Abenteuer – wenn wir alle wieder glücklich und zufrieden in unserem Häuschen vereint sind.

Ohne Vorwarnung wird die Tür aufgerissen und Airlea stürmt herein, ihre langen roten Haare fließen ihr um die Schultern. Sie erinnert mich an den Boten des Jüngsten Gerichts, und sie scheint sich in dieser Rolle zu gefallen. Hoffentlich weiß sie, dass wir sie brauchen, um uns heil aus Kanada wieder rauszubringen. Ich habe keine Lust, mit verwilderten Wandlern und verrückten Sektierern zusammengepfercht zu werden. Das ist nicht meine Vorstellung von Unterhaltung.

„Folgt mir", sagt sie ohne Umschweife und fegt nach einer auffordernden Kopfbewegung aus dem Zimmer.

„Wie lange wird das Portal offen bleiben?", frage ich, während wir ihr den Flur entlang hinterher eilen.

„Bis ihr alle durch seid, keine Sorge. Es könnte mir aber langweilig werden, also solltet ihr euch besser beeilen. Ähm – ich habe also gelogen, ihr solltet euch schon ein paar Sorgen machen."

Gackernd führt sie uns in einen großen, luftigen Raum, der rundherum mit Fenstern bestückt ist. Aber mein Blick geht sofort zu dem Portal in der Mitte. Es sieht genauso aus wie das in der Erdspalte, aber dieses hier schwebt in der Luft, steht nicht auf dem Boden. Mir wird schon beim Anblick schwindelig. Das ist so unnatürlich. Irgendwie falsch. Als wäre das ganze Universum aus den Angeln gehoben.

Airlea wirft uns einige Kleiderbündel zu, dann lehnt sie sich an die Wand und verschränkt die Arme.

„Beeilt euch und lasst mich nicht zu lange warten."

Ich werfe einen schnellen Blick auf das Bündel in meinen Händen. Jeans, ein Wollpullover und ein Paar schwarze Stiefel, die in eine Daunenjacke eingewickelt sind. Ich schlüpfe so schnell ich kann in diese Kleider und genieße das Gefühl von echtem Stoff auf meiner Haut. Dieses lose Gewand sieht zwar schön aus, ist aber nicht so wohlig warm. Und erst die Stiefel – in letzter Zeit bin ich so viel barfuß herumgelaufen, dass ich jetzt zu schätzen weiß, wie warm und bequem sie sind.

Die Männer haben sich auch umgezogen. Man hat ihnen allen Jeans und dicke schwarze Hemden gegeben.

Allerdings keine Jacken, aber auch dieselben Stiefel wie mir. Ich fühle mich gleich etwas besser vorbereitet.

Airlea räuspert sich ungeduldig, und ich atme tief durch. Beim letzten Mal, als Allis durch das Portal gegangen ist, wurde ich ohnmächtig. Lag das nur an den Moiren oder unserer Wandlung? Oder wird es jetzt wieder passieren und uns auf der anderen Seite verwundbar machen?

Plötzlich nimmt jemand meine Hand und drückt sie aufmunternd. Ich drehe mich um zu Ràn. Er lächelt mich an, und ich lächele angespannt zurück. Zusammen schaffen wir das.

Was soll schon passieren – es erwartet uns ja lediglich eine Meute verrückter Wandler. Kann nur schiefgehen...

KAPITEL ZWÖLF

Es ist kalt in Kanada, die Kälte fühlt sich aber anders an als auf Inchbrach. Hier ist sie trockener und dringt einem nicht gleich so in Mark und Bein. Und so viel Wind wie in Schottland gibt es auch nicht.

Der Boden ist dick mit Schnee bedeckt. Ich bin wieder einmal froh, dass ich die Kälte nicht mehr so spüre wie früher als Mensch. Meine neuen Kleider sind zwar warm, würden mich aber mitten im kanadischen Winter höchstens eine Stunde lang schützen.

Ich beobachte, wie mein Atem zu kleinen Wolken kondensiert. Stimmt, ich versuche durch Ausblenden meiner Umgebung einen kleinen Aufschub zu erlangen, bevor ich der Realität wieder ins Auge blicken muss. Und bevor mein Verstand so richtig erfasst, dass wir gerade von Schottland nach Kanada gesprungen sind, mit Zwischenstopp an irgendeinem mysteriösen Ort in der Mitte.

Ich war noch nie außerhalb von Großbritannien. Heute Morgen dachte ich noch, das würde auch nie geschehen. Und jetzt bin ich plötzlich in Kanada.

Es sieht hübsch aus. Die Bäume um uns herum sind dick verschneit. Wir befinden uns in einem sanft abfallenden Tal, das von niedrigen Hügeln umgeben ist. Direkt vor uns liegt einer, dessen Hang eine Reihe von Metallpfosten aufweist, vielleicht die Überreste eines Skilifts? Ganz oben steht ein einstöckiges Gebäude, das beinahe die gesamte Hügelkuppe einnimmt. Es besteht fast nur aus Metall und Beton und ist so ziemlich das hässlichste, was ich je gesehen habe. Ein riesiger Funkturm ragt daraus hervor, dessen Satellitenschüsseln aber nicht mehr viel Halt zu haben scheinen. Ich bezweifle, dass er noch benutzt wird. Ein perfekter Rückzugsort für jemanden wie Van Deen.

Ich sehe mich um. Es gibt keine weiteren Zeichen menschlichen Lebens in der uns umgebenden Landschaft, also muss dieses Ding auf dem Hügel wohl unser Ziel sein. Ist auch perfekt gewählt: Von dort oben kann man Fremde schon meilenweit sehen, besonders jetzt im Winter. Was wohl auch bedeutet, dass wir schon gesichtet wurden.

Keine Chance, sich unbemerkt anzuschleichen, also sollten wir uns besser beeilen.

„Sollen wir uns wandeln?", frage ich, und Torben nickt.

„Dann sind wir schneller. Wenn wir Van Deen vor uns haben, können wir uns wieder zurück wandeln, um mit ihm zu reden. Ist Allis bereit?"

Ja. Auf geht's, zeigen wir ihnen, was wir draufhaben.

„Bleibt nicht zu lange", ruft uns Airlea hinterher und steht neben dem glitzernden Portal. Sie hält die Arme um sich geschlungen, die Gänsehaut an ihrem Körper ist nicht zu übersehen. Sie hat uns zwar mit warmer Kleidung versorgt, trägt aber selbst keine und ist dabei noch kälteempfindlicher als wir. Sie tut mir beinahe leid.

„Wir werden uns bemühen", versichere ich ihr und klopfe mir im Geiste selbst auf die Schulter, weil ich so nett zu ihr bin.

Nachdem ich mich ausgezogen habe, gebe ich Allis mental ein Zeichen, und sie übernimmt unsere Wandlung. Unsere Pfoten setzen wir auf weichen Untergrund, und unser Fell verschmilzt mit der weißen Umgebung. Drei der Männer haben nicht so viel Glück. Húnn, Ràn und Finn heben sich mit ihren braunen Felltönen deutlich von der verschneiten Landschaft ab. Aber daran kann man nichts ändern.

Es kann schließlich nicht jeder so ein hübscher Eisbär sein, sagt Allis herablassend, und ich grinse. Da ist sie wieder, die alte, stolze Allis, nicht das Häufchen Elend von vorhin. Dieser positive Zustand hält vielleicht nicht auf Dauer an, aber hoffentlich lange genug, um ihre emotionalen Batterien wieder aufzuladen.

Allis rennt los, und die anderen Bären folgen ihr. Es geht ziemlich steil den Hügel hinauf, aber sie erklimmt ihn mühelos.

Wir befinden uns ungefähr in der Mitte des Hangs, als der erste Bär unter einer Baumgruppe auftaucht. Er ist ein Eisbär wie Allis, aber nur etwa halb so groß wie sie. Sein Fell ist zerzaust und schmutzig, seine Augen blicken leer in die Ferne. Er sieht krank aus, als ob er zu dünn ist für sein Fell. Wenn das einer der entarteten Wandler ist, werden sie uns nicht viel entgegenzusetzen haben. Allis könnte diesen hier wie eine Fliege wegfegen, ohne auch nur außer Atem zu geraten.

Dem ersten folgen noch zehn weitere aus dem Unterholz, und meine Zuversicht gerät etwas ins Wanken. Sie sind uns jetzt zwei zu eins überlegen.

Wir rennen weiter und beachten sie zunächst nicht weiter. Solange sie uns nicht angreifen, bleiben wir ihretwegen nicht stehen. Wir müssen als erstes bei Van Deen oben ankommen.

Der Hügel wird immer steiler, und Allis rutscht mehr als einmal aus. Aber durch ihr Gewicht sinkt sie tief in den Schnee ein und bekommt so einen etwas besseren Halt. Für mich als ewig dünnem Menschen ist es schon merkwürdig, jetzt in diesem massigen Bärenkörper zu stecken.

Big is beautiful, merkt Allis an und ich stimme ihr eiligst zu. Sie darf sich jetzt bloß nicht aufregen.

Sie dreht sich nach den verwilderten Wandlern um, die sich aber in sicherer Entfernung halten. Das Problem ist nur, dass sie uns jetzt den Fluchtweg abgeschnitten haben, denn sie stehen in einer Linie zwischen uns und dem Portal. Wollen wir nur hoffen, dass Allis sie durch ihren Zauber lange genug unter Kontrolle bringen kann, damit sie uns später durchlassen. Aber jetzt müssen wir erst einmal diesen Verrückten einfangen.

Die Gebäude werden jetzt sichtbar. Das war früher, vor

der Großen Flut, vielleicht einmal ein Beobachtungsposten für Besucher. Der Blick auf die Berge der Umgebung ist atemberaubend schön, der auf die Bauwerke weniger. Und hier stehen so viele Bäume! Auf meiner Insel gab es kaum welche, auch nicht auf den beiden anderen, die ich in den vergangenen Wochen kennengelernt habe. Und wenn, dann waren sie klein und durch den Wind schief gewachsen.

Hier sind sogar verschiedene Nadelbaumarten zu bewundern – Tannen, Fichten und andere, die ich nicht sicher benennen kann. Unter der Last des Schnees biegen sich ihre Äste beinahe bis zum Boden. Um die Station herum ist das Land allerdings abgeholzt worden, was uns den Zugang erleichtert.

Bei näherer Betrachtung handelt es sich nicht nur um ein Gebäude, sondern ein großes in der Mitte, umgeben von etlichen kleineren. Davon befinden sich einige in schlechtem Zustand, andere sind aber ganz sicher bewohnt.

Sonderbarerweise erwartet uns niemand vor dem großen Gebäude. Ich hätte dort Wachen vermutet, zumal sie uns sicher haben kommen sehen. Von den verwilderten Wandlern haben doch bestimmt einige die Bewohner hier gewarnt?

Sei vorsichtig, warne ich Allis überflüssigerweise. Sie bewegt sich langsam vorwärts, setzt behutsam eine Pfote vor die andere und achtet auf jede Regung in unserer Nähe. Alle ihre Sinne sind aufs Äußerste gespannt, und ich kann nur mit Mühe die auf mich einstürmenden neuronalen Signale deuten.

Die Bären hinter uns riechen merkwürdig, nicht wie normale Bärenwandler. Allis scheint auch verwirrt zu sein.

Riechen die wie Arkas? frage ich sie, aber sie schüttelt mental den Kopf.

Nein, nicht im Geringsten. Sie riechen nach Tod.

Das verheißt nichts Gutes. Sie gibt keine weiteren Erklärungen dazu, und ich will sie nicht unnötig ablenken, bin also lieber still und beobachte, wie sie sich langsam der gläsernen Doppeltür nähert, die ins Gebäude hineinführt.

Torben und Húnn flankieren sie, Finn und Ràn bilden die Nachhut und behalten die Wilden hinter uns im Auge.

Ich habe ein sehr schlechtes Gefühl bei all dem. Hatte zwar nie angenommen, dass dies ein Spaziergang werden würde, aber ... hier braut sich etwas zusammen.

Plötzlich kommt hinter uns etwas in Bewegung, Allis wirbelt kampfbereit herum, als eine Gruppe der verwilderten Wandler sich von der Hauptgruppe löst und einen Angriff auf uns startet.

Allis knurrt und stellt sich auf die Hinterbeine, überragt sie alle. Torben tut es ihr nach, auch er zeigt warnend seine Kraft, während die drei übrigen die Zähne fletschen.

Wir müssen schon recht eindrucksvoll aussehen, aber die Angreifer schreckt das nicht, sie kommen weiter auf uns zugerannt.

Allis, mach dein Dominanz-Ding, rufe ich und habe keine Ahnung, wie genau das funktioniert.

Bin dabei, antwortet sie gereizt, und ich halte jetzt lieber meinen Mund. Sie weiß viel besser als ich, was zu tun ist.

Sie lässt sich auf alle viere fallen und starrt die herannahende Horde an. Mehr tut sie nicht, starrt sie nur intensiv an.

Und plötzlich bleiben alle stehen. Zunächst sehen sie sie nur verwirrt an, dann verneigt sich der erste und kreuzt ehrerbietend die Vorderpfoten. Die anderen folgen seinem Beispiel, bis sie alle vor ihr kauern.

Sie hält weiterhin Blickkontakt mit ihnen, verharrt in derselben Stellung.

Torben stößt sie sanft mit dem Kopf an und bedeutet ihr damit, dass die anderen sich jetzt auf die Suche nach van Deen machen werden. Allis antwortet nicht, sie ist zu sehr darauf konzentriert, die Meute in Schach zu halten.

Ich spüre, wie sehr sie zu kämpfen hat; die anderen sind in viel größerer Überzahl als erwartet. Durch Allis erfahre ich, dass sich noch mindestens dreißig weitere in dem Hauptgebäude hinter uns befinden und eine noch größere Anzahl in den Nebengebäuden. Und trotz ihrer kleineren, schwächeren Gestalt im Vergleich zu Allis und den Männern sind diese Bären doch allesamt stark genug, Menschen ohne große Mühe zu töten. Wenn man sie auf die örtliche Bevölkerung losließe – vorausgesetzt, hier leben noch Menschen –, würden sie ganz bestimmt die Oberhand gewinnen.

Meine Männer stürmen ins Gebäude, aber Allis kann sich nicht umdrehen und nachsehen, was sie tun; sie darf die Konzentration auf die Verbindung mit den vor ihr kauernden Wilden nicht abreißen lassen. Einige von ihnen knurren protestierend, aber der Kraft ihrer Gedanken können sie nichts entgegensetzen.

Schließlich ist sie die Mutter des ersten Bärenwandlers und ist zwar selbst kein Wandler – jedenfalls nicht wirklich -, hat aber eine Macht, von der diese Wilden nur träumen können. Götter haben sie in eine Bärin verwandelt – das sollte schon etwas Besonderes sein.

Jetzt heißt es abwarten. Wir müssen die Meute hier in Schach halten, während Torben und die anderen Van Deen suchen.

Und was, wenn er gar nicht hier ist? Daran hatte ich vorher überhaupt nicht gedacht. Er könnte seine Festung hier verlassen haben. Was dann? Diese ganze Unternehmung erscheint mir immer weniger durchdacht, je mehr ich anfänglichen Zweifeln Raum gebe.

Es wird schon alles gut werden, sagt Allis. *Ich rieche da jemanden, der sich von diesen mickrigen Bären unterscheidet. Das muss Van Deen sein.*

Gut. Dann ist zumindest dieser Zweifel ausgeräumt. Aber sind meine Bären stark genug, ihn gefangen zu nehmen? Er wird sich mit aller Kraft wehren, wird auch bereit sein, sie zu töten – während seine Gegner ihn um Arkas Willen nicht ernsthaft verletzen oder umbringen dürfen. Ich bin total verkrampft vor lauter Anspannung. Meinen Männern darf nichts passieren. Dieses Gefühl, als ich dachte, ich hätte Húnn verloren – das will ich nie wieder erleben. Selbst jetzt, wo ich weiß, dass ihm nichts passiert ist, quält mich noch allein der Gedanke an seinen möglichen Tod.

Hör auf, dir Sorgen zu machen. Das lenkt mich zu sehr ab, weist mich Allis zurecht. Ich bemühe mich, die geistigen Schranken zwischen uns zu verstärken und meine Gedanken mehr für mich zu behalten. Sie darf auf keinen Fall in ihrer Konzentration auf die Wilden nachlassen.

Ich merke, wie sie ihre Energiereserven aufzehrt. Beeilt euch bitte, Jungs.

Ich habe keine Uhr – die müsste wohl auch ziemlich groß sein, wenn sie um Allis' Vorderpfote passen sollte – aber es dauert wohl eine gute halbe Stunde, bis die Männer das Gebäude verlassen. Allis stellt die Ohren auf. Fünf Paar Schritte, vier davon barfuß, eines mit Stiefeln an den Füßen.

Allis kann noch immer nicht den Kopf abwenden, um zu sehen, was vor sich geht; wir müssen also abwarten, bis die anderen in unser Gesichtsfeld kommen.

Wir haben ihn, sagt Torben im Geist zu Allis. *Aber es gibt da ein Problem.*

Was für eines, fragt Allis mit einem Anflug von Panik. Sie befürchtet, dass es mit ihrem Sohn zu tun hat.

Torben hat das anscheinend auch bemerkt. *Keine Angst, Arkas geht es gut. Darum kümmern wir uns, sobald wir durch das Portal durch sind. Hast du sie noch unter Kontrolle?*

Ja, seufzt sie. *Aber nicht mehr lange. Lauft besser schnell los.*

Endlich kommen sie bei uns an, und ich sehe meine Männer. Sie sind alle nackt und haben einen alten, von der Zahl der Jahre gebeugten Mann in ihrer Mitte. Wenn das Van Deen ist, macht er keinen besonders bedrohlichen

Eindruck. Er sieht so aus, als könne ihn ein Windhauch umwerfen. Erstaunlich, dass er noch ohne Hilfe laufen kann.

Schnell rennen kann er jedenfalls nicht, so viel ist sicher. Aber die Männer haben dafür schon eine Lösung parat. Ràn wandelt sich, und die anderen heben den Alten auf seinen breiten Rücken. Húnn und Finn stützen ihn von jeweils einer Seite, während Torben sich ebenfalls wandelt, um die anderen notfalls schützen zu können.

Inzwischen beginnen Allis' Beine vor Anstrengung zu zittern.

Lauft! ruft sie, und Ràn trabt los, wobei er darauf achten muss, dass sein Reiter oben bleibt.

Auf Allis' Kommando weichen die Wilden zurück und öffnen die Reihen, um uns hindurchzulassen. Meine Männer rennen den Hügel hinab, rutschen gelegentlich aus, wissen aber, dass sie sich wegen Allis' schwindender Kraft beeilen müssen.

Sie bewegt sich langsam, geht mehr als dass sie rennt, und ist trotzdem kurz vor dem Zusammenbruch.

Du schaffst das, Allis! feuere ich sie an. *Denk an Arkas!*

Schritt für Schritt geht sie vorwärts durch die Meute hindurch. Sie lässt den Kopf tief hängen, und ich beginne mir Sorgen zu machen. Ich wünschte nur, ich könnte ihr irgendwie helfen, aber ich bin hier nur der Passagier.

Einer der Wilden zu unserer Rechten beginnt plötzlich zu knurren und richtet sich aus seiner kauernden Position auf. Allis ist dabei, ihre Macht über sie zu verlieren.

Sie hält nach meinen Männern Ausschau – sie sind

fast unten am Portal. Sie atmet tief ein, dann gibt sie die Kontrolle über die Bären auf.

Sie beginnt zu rennen, rutscht den Hang hinab; aber jetzt werden wir von Dutzenden von Bären verfolgt, die sich für die durch Allis erlittene Schmach rächen wollen. Vielleicht wollen sie auch Van Deen zurückholen, wer weiß. Sie könnten erahnen, was wir zu tun gedenken, dass wir die Herrschaft ihres Anführers beenden wollen.

Scharfe Fangzähne streifen Allis' rechtes Hinterbein, sie wimmert. Ich empfinde ihren Schmerz nur wie ein Echo, er ist aber sehr real. Die Bären kommen immer näher. Wir sind nicht schnell genug. Wieder zwickt sie einer ins Bein, wieder ein scharfer Schmerz.

Das Portal ist noch einige hundert Meter entfernt. Wir werden es nicht schaffen. Allis' Blick verschwimmt, ihr Atem wird schwächer. Selbst wenn ich übernehmen wollte – ihr ganzer Körper ist erschöpft, nicht nur ihr Geist.

Plötzlich fliegt etwas mit weißem Fell an uns vorbei in den Haufen der Bären hinter uns. Torben. Er reißt mit seinen Klauen an ihren Gliedern, beißt in ihre Flanken. Dann noch ein Bär, ein brauner. Alles ist so verschwommen, ich kann nicht sehen, wer es ist.

Wir rutschen den Hügel hinab, und ich bin dankbar für den Schnee. Darauf können wir wie auf einem Kissen hinuntergleiten und müssen nicht laufen.

Unsere Hinterbeine geben nach.

Das Portal ist so nah.

Unsere Augen schließen sich, wir verlieren das Bewusstsein.

KAPITEL DREIZEHN

ALLIS

Arkas' erste Wandlung zum Menschen war erstaunlich. Nie zuvor gab es Anzeichen dafür, dass er etwas anderes als ein normaler Bärenjunge sein könnte. Und plötzlich hatte er während des Abendessens einen Anfall. Ich war außer mir vor Angst, dachte, er sei krank. Ich konnte niemanden um Hilfe bitten, wir beide waren alleine.

Ich rieb meinen Kopf an seinem kleinen, sich krümmenden Körper, um ihm so meine Anteilnahme zu zeigen. Dass er nicht allein war. Ich leckte ihm das Fell – und plötzlich war da kein Fell mehr, sondern nur noch glatte Haut.

Mein kleiner Bär hatte sich in einen Menschenjungen verwandelt. Er sah wunderschön aus: Sein süßes kleines

Gesicht war umrahmt von goldenen Locken, die grünen Augen starrten mich fragend an, während seine rosigen Lippen lächelten.

Er stand sofort auf und begann, auf zwei Beinen zu laufen, als hätte er sein Leben lang nichts anderes getan.

„Mama?", sagte er fragend und streckte seine Hand aus.

Er konnte sprechen! Genau wie ein richtiger Mensch. Bis dahin fanden Gespräche nur in unseren Köpfen statt, so brachte ich ihm das Sprechen überhaupt bei. Ich wusste nicht, ob alle Bären mental miteinander kommunizieren konnten oder ob das nur bei uns so war, aber das spielte ja auch keine Rolle. Und jetzt hatte sich mein Kleiner in einen lauffähigen, sprechenden Menschen verwandelt.

Ich freute mich einerseits, war aber gleichzeitig auch total erschüttert. Jetzt war er anders als ich. Die Freude bezog sich mehr auf seine Zukunft. Er würde jetzt in der menschlichen Welt leben dürfen, Freundschaften und ein normales Leben aufbauen können. Ich fühlte mich wegen Arkas nicht einsam hier draußen in den Bergen, war mir aber bewusst, dass ich ihm nicht mehr genügen würde, wenn er heranwuchs.

Nach einer Minute verwandelte er sich in einen Bären zurück.

Wir waren beide verwirrt, und als er sich dann erst einmal nicht mehr wandeln konnte, dachten wir schon, das sei der reine Zufall gewesen. Aber zwei Wochen später geschah es erneut. Diesmal war er fast eine Stunde lang ein Mensch. Bis zu seinem vierten Geburtstag hatte er gelernt, sich auf Kommando zu wandeln.

Merkwürdigerweise zog er das Leben als Bär vor. Vielleicht lag es daran, dass er als solcher die idealen Voraussetzungen für das Herumstromern in den Wäldern hatte, wo er mit Eichhörnchen spielte und an den Blumen roch.

Seine Spielfreude blieb während seiner gesamten Jugendzeit erhalten. Ich ermahnte ihn oft, weniger laut und weniger wild zu sein, genoss aber insgeheim seine Lebensfreude. Im Vergleich zu den Menschen, mit denen ich aufgewachsen war, meinen Geschwistern, meinen Freunden, war er so unschuldig, so uneigennützig. Aber diese Unschuld bereitete mir auch Sorge. Sollte er sich je dafür entscheiden, unter den Menschen zu leben, würden sie diese Eigenschaft sicher ausnutzen. Gute Menschen sind rar gesät, das war damals nicht anders als heute.

Im Alter von sechszehn Jahren schickte ich ihn dann in die Stadt, damit er dort bei seinem Vater leben sollte. Er war einigen meiner Brüder wie aus dem Gesicht geschnitten, weshalb ich hoffte, mein Vater würde ihn als seinen Enkel erkennen. Ich erzählte Arkas Dinge, die nur ich wissen konnte, damit meine Familie ihn als einen der ihren annehmen sollte.

Aber er fand nicht einmal jemandem, dem er das hätte erzählen können. Schließlich gelang es ihm, Kontakt zu einer meiner Schwestern, Dia, herzustellen und sie davon zu überzeugen, dass er ihr Neffe war. Mit ihrer Hilfe begann er ein neues Leben in demselben Palast, in dem auch ich aufgewachsen war. Sie kümmerte sich um Lehrer für ihn und führte ihn langsam in die menschliche Gesellschaft ein.

Er verbrachte zwei Jahre bei Dia und meiner Familie, bevor er in die Berge zurückkehrte, in denen er geboren worden war. Ich sah ihm sofort an, dass er einen Großteil der Unschuld verloren hatte, die ihm vorher zu eigen gewesen war. Er war nicht mehr mein kleiner Bärenjunge, sondern ein erwachsener Mann. Er sah älter aus als seine achtzehn Jahre. Vielleicht hatte er wegen seiner Wandler-Eigenschaften diese muskulöse, breitschulterige Statur.

Er brachte Raoul mit, der ihm als Lehrer zugewiesen worden war. Zunächst war ich wütend darüber, dass er einen Menschen in unser Geheimnis eingeweiht hatte, ihm von mir erzählt hatte. Für mich war es in Ordnung, dass meine Familie Bescheid wusste, aber nicht ein Fremder. Zum Glück blieb Raoul nicht lange ein Fremder. Er wurde erst zum Freund, dann zum Geliebten.

Mein Sohn freute sich wohl über diese Entwicklung, aber er ging nach ein paar Wochen wieder fort. Er hatte das Leben in der Stadt mit seinen Annehmlichkeiten und vielfältigen Bewohnern schätzen gelernt. Ich genügte ihm nicht mehr. Das machte mich traurig, obwohl ich mir ständig sagte, dass ich in seinem Alter genauso gehandelt hätte. Er musste Erfahrungen sammeln, sich in seinem Leben ausprobieren, bevor er Verantwortung übernehmen konnte.

Arkas hatte schließlich auch seinen Großvater getroffen, der an ihm Gefallen fand und beschloss, ihn persönlich in der Kunst politischen Handelns zu unterweisen. Ich freute mich, dass außer mir noch jemand Arkas' Potential erkannte. Er war klug, selbstlos und neugierig, alles Eigenschaften, die mein Vater sehr schätzte.

So folgte der König dann auch nicht der Tradition, die Krone an seinen ältesten Sohn weiterzugeben, sondern erklärte Arkas zu seinem Erben. Das führte mit Sicherheit zu Protesten und Eifersüchteleien, aber Arkas ging gewohnt locker damit um.

Dann starb ich. Nun ja, beinahe. In gewisser Weise. Ich starb, hatte aber keine Möglichkeit, Arkas mitzuteilen, dass ich nicht wirklich tot war. Er trauerte um mich, wollte um ein Haar nicht mehr die Thronfolge antreten, als mein Vater wenige Wochen nach meinem eigenen Tod starb. Aber zum Glück überredete ihn meine Schwester, das Amt zu übernehmen.

Arkas wurde der König von Arkadien und ein viel besserer Herrscher, als mein Vater je gewesen war. Er war gerecht, ein weiser Fürst, der seinen Untertanen zuhörte und ihnen Respekt zollte. Ich sah ihm von Ferne zu, sein Tun erfüllte mich mit Freude und Stolz. Dies hier war ein Mann, der als Bärenjunges aufgewachsen war. Er war der beste Beweis dafür, dass Wandler so viel mehr sein konnten als irgendwelche Bestien.

Ich sah zu, wie meine Enkeltochter Anna geboren wurde. Sie war ein hübsches kleines Mädchen, das sich als Neugeborenes gleich in einen Bären wandelte und bis zum dritten Lebensjahr diese Gestalt beibehielt. Und da tat Arkas etwas, das ich nicht verstand: Er versteckte sie und erzählte keinem, dass sie zu den Wandlern gehörte. Außer seiner Frau und einigen Verwandten kannte niemand seine wahre Natur. Für seine Untertanen war er ein Mensch wie jeder andere.

Meine kleine Enkelin bekam alles, was sie brauchte, wurde aber nie zur Königin gemacht. Ihr jüngerer Bruder, der nicht die Fähigkeit zum Wandeln mitbekommen hatte und immer ein Menschenjunge blieb, übernahm die Herrscherrolle, als mein Sohn getötet wurde.

Anna selbst hatte drei Kinder, die die Erblinie der Bärenwandler weiter ausbauten. Ich kann selbst kaum glauben, dass auch alle Männer, die Isla um sich versammelt hat, letzten Endes von meinem Sohn und meiner Enkeltochter abstammen.

Und irgendwie auch von mir, aber so denke ich nicht über mich.

Als Arkas umgebracht wurde, wäre ich auch gern gestorben. Ich verfluchte meinen Schwebezustand zwischen Leben und Tod, dem ich nicht entfliehen konnte. Raoul half mir über diese Phase hinweg, aber es dauerte Jahrzehnte, bis ich den Mut aufbrachte, mich nach Anna und ihren Nachkommen umzusehen. Von da an hatte ich ein Auge auf die Bärenwandler, beobachtete sie aus der Ferne und fühlte mich dadurch auch lose mit Arkas verbunden.

Arkas. Dem Bären, der menschliche Gestalt annahm und zum König wurde. Meinem Sohn.

Er starb und war doch nicht tot, und jetzt muss er vielleicht wieder sterben, um seinen Nachkommen eine Zukunft zu geben.

Ich bin mir sicher, dass er sich gerade mit mir im

selben Raum befindet und ich ihn sehen könnte, wenn ich nur den Mut aufbrächte, die Augen zu öffnen.

Aber ich fürchte mich davor, ihm in die Augen zu sehen und ihm zu sagen, was getan werden muss.

Zum ersten Mal seit langem habe ich Angst.

KAPITEL VIERZEHN

„Isla, kannst du mich hören?"

„Schrei nicht so", murmele ich und kämpfe gegen die Kopfschmerzen an, die sich in meinem Schädel ausbreiten.

Ich blinzele und lächele gleich darauf, als ich als erstes Finns Lippen sehen, die nur Zentimeter von meinen eigenen entfernt sind.

„Ich bin ja so froh, dass es dir wieder gut geht", flüstert er, was ich mit einem Stirnrunzeln beantworte.

„Wieso sollte es das nicht?"

„Du erinnerst dich nicht?"

Meine Gedanken gehen zurück nach Kanada. Wir sind gerannt… Allis ist zusammengebrochen… wir wurden gebissen …

„Wurden wir verletzt?", frage ich und bin plötzlich hellwach. Ich lasse den Blick über meinen Körper wandern, aber spüre nur die Schmerzen in meinem Kopf.

„Eure Hinterbeine haben einiges abbekommen",

erklärt Finn. „Wir haben euch durch das Portal gezogen, aber es hat Ewigkeiten gedauert, bis Allis mit der Wandlung fertig war; sie hat dabei viel Blut verloren."

Er deutet auf einen großen braunen Fleck auf dem weißen Fußboden, auf dem ich liege. Wir befinden uns wieder in dem Raum, den ich betrat, als wir durch das erste Portal von Inchbrach aus hereinkamen. Genauer gesagt, in das man uns hineingelockt hat. Das geschah schließlich nicht freiwillig.

Ich betrachte forschend meine nackten Beine – man hat mich wieder mal in diese weißen Roben gesteckt -, kann aber nicht einmal einen Kratzer erkennen. Durch die Wandlung bin ich anscheinend geheilt worden.

„Geht's den anderen auch gut?", frage ich und nehme erleichtert Finns Nicken zur Kenntnis.

„Sie sind nebenan. Mit Van Deen. Irgendwie jedenfalls."

Ich ziehe die Stirn in Falten. „Wie kann man irgendwie in einem Raum sein?"

Er schüttelt den Kopf. „Nee, das bezog sich nicht auf das Zimmer. Eher auf Van Deen. Er ist es nicht wirklich – du wirst's schon sehen. Glaubst du, dass du aufstehen kannst?"

Er hilft mir auf die Füße, und ich folge ihm ins Nachbarzimmer.

Der alte Mann sitzt auf dem Fußboden und ist gegen die Wand gelehnt. Ausdruckslos, mit leerem Blick. Er atmet, scheint aber nicht wahrzunehmen, was um ihn herum geschieht.

„Ist das Van Deen?", frage ich, und alle drehen sich zu

mir um. Die Moiren haben sich zu meinen Männern gesellt, wodurch der Raum leicht überfüllt wirkt.

„Geht's dir gut?", fragt Húnn und umarmt mich kurz.

„Ja, klar, mir geht's gut, aber was ist mit dem da los?", frage ich ungeduldig.

So gerne ich in Húnns Armen bleiben möchte, gibt es zunächst doch wichtigere Dinge zu klären.

„Darf ich vorstellen – Arkas", sagt Ràn ruhig.

„Wie bitte?"

„Van Deen ist tot. Er starb vor ungefähr einem Monat", erklärt Torben und beäugt den Alten misstrauisch.

Atropos sieht verärgert aus. „Wir haben davon nichts gewusst, weil sein Faden gerissen war. Ich hätte ihn sonst liebend gern selbst abgeschnitten."

Ich verstehe nicht ganz. „Also, wenn er tot ist, wer sitzt dann dort?"

Torben verzieht das Gesicht. „Van Deens Körper. Aber fang jetzt nicht an von wegen *Zombie*, das ist so ein widerlicher Ausdruck."

Wo ist Arkas? fragt Allis mental und verschlimmert damit meine Kopfschmerzen.

Pscht, erfahren wir sicher gleich, antworte ich.

„Was ist denn mit Arkas passiert?", gebe ich laut die Frage meines Bärengeistes weiter.

Und sie protestiert nicht einmal, dass ich sie einen Geist genannt habe.

„Er ist immer noch dort in Van Deens Körper gefangen. Wir müssen herausfinden, ob Allis mit ihm in Kontakt treten kann. Uns gelingt das nicht."

„Wieso wisst ihr dann, dass er dort noch drinnen ist?"

Ràn tippt sich an die Nase. „Sein Geruch ähnelt dem ihren."

Ich nähere mich zögernd dem Mann und habe dabei ein mulmiges Gefühl. Er sieht zwar schwach und hilflos aus, aber das wäre alles zu leicht. Wir sind da einfach so in seine Festung spaziert, haben ihn herausgeholt und dabei nur geringfügige Verletzungen davongetragen. Und jetzt ist er hier, und sie behaupten, dass Van Deen tot ist, wir also nicht einmal zu entscheiden haben, ob wir ihn töten.

Das kann doch nicht alles sein, oder? Nichts im Leben ist so einfach.

Berühr ihn, fordert Allis mich auf, und widerstrebend knie ich mich an seine Seite und lege ihm eine Hand auf die Schulter. Selbst für meine menschliche Nase ist sein Gestank unerträglich, er riecht, als hätte er sich seit Monaten nicht gewaschen. Und auch nicht die Kleidung gewechselt – den dreckigen Lumpen nach zu urteilen, in die er gehüllt ist.

Wie konnte ein solcher Mann diese verwilderten Wandler unter seiner Kontrolle halten? Denn es sah schon so aus, als hätte denen jemand befohlen, uns erst zu verfolgen und dann anzugreifen. Sie schienen alles andere als selbst in der Lage, solche strategischen Entscheidungen zu treffen.

„Und jetzt?", frage ich laut, obwohl das mehr an Allis gerichtet ist.

Jetzt werde ich mit ihm reden. Sei still.

Ich unterdrücke eine Antwort und lasse sie gewähren. Schließlich macht sie sich um ihren Sohn Gedanken. Da kann ich sie nicht so behandeln, wie ich das normalerweise täte oder kann zumindest nicht erwarten, dass sie sich wie sonst üblich verhält. Die Höflichkeit, an der wir gearbeitet haben, muss also erst einmal zurückstehen.

Arkas? fragt sie sanft. Das Echo ihrer Stimme vibriert in meinem Kopf; das hier ist etwas anderes als unsere normale mentale Kommunikation.

Hallo, Mutter, hallt eine tiefe Stimme durch meinen Kopf. Das muss Arkas sein.

Ich wünschte, ich könnte mich irgendwie zurückziehen und die Beiden allein lassen, aber ich bin andererseits zu neugierig und könnte mich sowieso nicht ausblenden. Jedenfalls nicht aus dieser neuen Form der Unterhaltung, die hier gerade stattfindet.

Du hast also einen neuen Wirt gefunden, sagt er, und irgendwie entwickele ich deshalb gleich eine Abneigung gegen ihn. Das ist nicht richtig. Er ist Allis' Sohn. Ich sollte ihn doch mögen.

Arkas! schluchzt Allis beinahe, ihre Stimme so voller Gefühl. Eine Pause entsteht, in der sie offensichtlich darüber nachdenkt, was sie jetzt sagen kann. Ich fühle mit ihr. Sie hat seit – ja wie lange eigentlich – nicht mit ihrem Sohn gesprochen; seit Jahrhunderten? Jahrtausenden? Und sie hielt ihn sogar für tot. Jetzt ist er irgendwie hier – und auch wieder nicht.

Das ist Isla, sagt Allis schließlich. *Was ist mit Van Deen geschehen?*

Sie versucht, ihre Emotionen zu unterdrücken, aber ich spüre, wie schwer es ihr fällt, nicht vor ihm zusammenzubrechen.

Er ist gestorben. Arkas zuckt mental die Schultern. *Ich*

habe ihn getötet. Leider ist die Sache nicht so gelaufen wie von mir geplant, deshalb bin ich immer noch hier eingesperrt.

Du hast ihn getötet? Mich überrascht das genauso sehr wie Allis. *Der Arkas, von dem sie mir erzählt hat, hätte keiner Fliege etwas zuleide getan, selbst als er König wurde.*

Er war zu nichts mehr nütze. Seine Stimme ist kalt, eiskalt.

Aber... Allis ist sprachlos.

Jetzt sag mir nicht, du hättest nicht genauso gehandelt, Mutter.

Aber...

Am Anfang habe ich ihn gehasst, aber nach und nach hat mich seine Sichtweise der Dinge überzeugt. Es war ein Fehler, meine Tochter nicht zur Herrscherin zu machen. Wandler sollten die Macht haben, sie sind stärker als Menschen. Also fing ich an, meinem Wirt zu helfen, bis er selbst zu langsam wurde. Und weich. Ich dachte, dass ich nach seinem Tod die volle Kontrolle über seinen Körper gewinnen würde, aber wie du siehst, hat das nicht geklappt. Ich kann mich nicht einmal wandeln. Er lacht bitter.

Kannst du mir helfen, Mutter?

Warte, Allis! warne ich sie. *Diese verwilderten Wandler haben uns angegriffen. Wer hat ihnen den Befehl gegeben, wenn nicht er?*

Ich spüre, wie sie zögert. Sie will an das Gute in ihrem Sohn glauben. Will, dass er noch so ist wie der junge Mann in ihren Erinnerungen. Aber im Hier und Jetzt scheint mir

Arkas noch viel verrückter als das Bild, das ich mir von Van Deen gemacht hatte. Die Wandler sollten herrschen? Die Art, wie er mich abschätzig als Wirt bezeichnet hat, auf diese kalte Weise? Jemanden umbringen, um die Kontrolle zu erlangen? Das klingt für meine Begriffe ziemlich verrückt. Und nicht nur das – böse.

Dein Wirt scheint mich nicht sonderlich zu mögen, lacht Arkas. *Du lässt ihr viel zu viele Freiheiten, Mutter. Wirte müssen unter Kontrolle gebracht werden, sonst werden sie zu selbständig.*

„Wenn du mich noch einmal als Wirt bezeichnest, werde ich deinen armseligen toten Körper zusammentreten!", schreie ich, aber er lacht nur.

Davon werde ich nichts spüren, nur zu. Der einzige Grund, warum ich noch in diesem Körper stecke, ist doch, dass ich noch keinen besseren Wirt gefunden habe.

Wie er von Wirten spricht, nervt mich jetzt echt. Allis und ich leben in einer Symbiose, genau wie meine Männer und ihre Bären. Jeder ist Teil des anderen, sie ergänzen sich gegenseitig. Und auch wenn sie die meiste Zeit menschliche Gestalt annehmen, achten sie doch sehr darauf, dass ihre Bären jeden Tag genug Zeit zum Auslauf haben, besonders im Winter.

Bist du deshalb mit uns gegangen? fragt Allis vorsichtig.

Klar doch. Sobald ich jemanden gefunden habe, werde ich zu meinen Leuten zurückkehren, und wir werden unsere Mission fortsetzen.

Willst du denn nicht deine Freiheit wiedergewinnen?

Fliegen können ohne die Beschränkungen durch einen Körper?

So hat sich das für sie also angefühlt, bevor wir – uns miteinander verbunden haben. Wie Fliegen.

Ich verstehe nicht, was du meinst.

Sie hält inne. *Ich dachte, du hättest das genauso empfunden wie ich. Was ist geschehen, nachdem du gestorben bist?*

Ich starb. Er lacht. *Dann war ich nicht mehr tot, sondern in einem menschlichen Körper gefangen. Als James mich zum ersten Mal zum Wandeln zwang, hat das wehgetan, bis ich mich daran erinnert habe, dass ich ja schon einmal ein Bär war. Dann hat es sich gut angefühlt. Ich wollte am liebsten die ganze Zeit ein Bär sein, aber er hat mir das immer nur erlaubt, wenn ich vorher Dinge für ihn erledigt habe. Zuerst habe ich es nicht gern getan, bis ich verstand, dass es notwendig war.*

Oh Arkas, schluchzt Allis. Ich fürchte, dass ihr Sohn ihre Gefühle als Schwäche auslegen wird. Allem Anschein nach ist er der Typ dafür.

Wieso bist du so traurig, Mutter? Er scheint ehrlich verwirrt zu sein.

Ich dachte, du hättest im Tod deinen Frieden gefunden. Und jetzt stellt sich heraus, dass du der Gefangene eines Verwirrten warst.

Er war nicht verrückt, protestiert Arkas. *Das erkenne ich jetzt. Er hat mir geholfen, manche Dinge klarer zu sehen. Zum Beispiel auch, dass dein Wirt für mich optimal wäre.*

Isla gehört zu mir, zischt Allis. *Wage es nicht, sie anzufassen.*

Zu spät, lacht Arkas.

Etwas dringt mit Macht in meinen Körper ein, lässt mich nach Atem ringen.

„Allis!“, schreie ich, aber etwas schlägt auf mich ein, wieder und wieder, bis der Schmerz zu stark wird.

Ich bin beinahe dankbar, als ich das Bewusstsein verliere.

KAPITEL FÜNFZEHN

Um mich herum nur Schmerz und Dunkelheit. Auch das Denken tut weh.

Ich strecke die Hände aus, aber nichts geschieht. Ich bewege mich – nein, geht nicht. Ich kann mich nicht bewegen. Sind meine Augen geschlossen oder ist es so dunkel? Ich kann meine Augenlider nicht berühren, um das herauszufinden. Ich kann nicht blinzeln, ich kann gar nichts.

Ich will losschreien, bringe aber keinen Ton heraus.

Gefangen.

Furcht ergreift mich mit eiserner Hand, drückt mir die Luft ab und vergrößert die Schmerzen, die sowieso schon meinen gesamten Körper durchlaufen.

Was geht hier vor sich?

Gefangen.

Hilfe! schreie ich im Geiste.

Stille.

Das steigert nur noch meine Panik. Ich kann mich

nicht bewegen, kann nichts sehen, nicht sprechen. Ich bin allein.

HILFE! Schreie ich erneut in meinem Kopf, in der vagen Hoffnung, dass mich jemand hören kann. Wo ist Allis?

Halt den Mund, sagt plötzlich eine tiefe Stimme. Sie klingt vertraut, aber wegen der Wolke von Schmerzen, die meine Sinne umnebelt, brauche ich einen Moment, bis ich sie erkenne.

Arkas.

Allis' Sohn, der sich nicht als der erwiesen hat, für den wir ihn alle hielten.

Was geht hier vor? Rufe ich, denn ich habe das Gefühl, mich weit von ihm entfernt zu befinden. Ganz anders, als wenn ich mit Allis mental spreche. Bei ihr ist es, als sitze sie neben mir.

Halt den Mund und benimm dich, wie es dir zusteht.

Wie mir was zusteht?

Du bist mein Wirt, weiter nichts. Ein Mittel zum Zweck. Jetzt sei still und stör mich nicht.

Ich bin wütend. *Ich bin nicht dein Wirt! Hau ab aus meinem Körper!*

Er lacht nur. *Nein, hier gefällt's mir ganz gut. Ich muss mich noch an diese weiblichen Teile gewöhnen, aber es ist schön, wieder in einem jungen Körper zu stecken. Van Deen wurde allmählich zu altersschwach.*

Du bist total verrückt! Meine Männer werden das nicht zulassen!

Oh doch. Ich werde sie gleich töten.

Die Furcht breitet sich weiter in mir aus, und ich

kämpfe gegen meine Fesseln an. Mal abgesehen davon, dass es keine Fesseln gibt – und nichts, gegen das ich mich auflehnen könnte. Da ist einfach nur Dunkelheit. Ich habe mich noch nie so hilflos gefühlt.

Könnte er sie wirklich töten? Wenn ich das nur wüsste. Keine Ahnung, wie stark er ist – und wo ist Allis? Wurde sie in Van Deens lebosen Körper abgedrängt, als Arkas meinen übernommen hat? Geht es ihr gut?

So viele Fragen, so große Schmerzen. Ich sehne mich nach jemandem, der jetzt einfach kommt und mich rettet – rufe mir gleich darauf aber ins Gedächtnis, dass ich bisher immer überlebt habe, weil ich mir selbst zu helfen wusste. Es muss etwas geben, das ich tun kann. Irgendetwas.

Ich kämpfe nicht mehr, sondern denke nach. Meine Kopfschmerzen verringern sich ein wenig, aber noch nicht genug, um mich konzentrieren zu können.

Arkas aufhalten. Arkas aufhalten.

Diesen Gedanken greife ich auf und konzentriere mich mit aller Macht auf ihn. Aber wie kann man jemanden aufhalten, wenn man selbst nicht in der Lage ist, irgendetwas zu tun?

Ich könnte versuchen, mit ihm zu reden. Aber er ist zu weit entrückt um mir zuzuhören. Er hat gesagt, er wolle meine Männer töten – könnte ich ihn wenigstens während des Kampfes ablenken?

Bei Allis konnte ich immer sehen, was sie tat, wenn wir ihre Bärengestalt hatten. Jetzt aber habe ich keine Ahnung, was gerade vor sich geht. Ich bin in meinem eigenen Körper eingesperrt.

Arkas? rufe ich. Ja, ich will ihn so sehr wie möglich

ablenken und damit hoffentlich meinen Männern eine Chance geben, falls er mit ihnen kämpft.

Ich darf nur nicht darüber nachdenken, was passieren könnte, wenn sie ihn töten. Denn das überlebe ich vielleicht nicht.

Torben

Alles geschieht so schnell, dass keiner etwas dagegen tun kann. Van Deens lebloser Körper bäumt sich plötzlich auf und packt Isla an den Schultern. In dem Moment, als er sie berührt, sackt sie in sich zusammen, der Kopf sinkt ihr auf die Brust. Dann liegt sie auf dem Boden und beginnt sich zu krümmen.

Ich bin im Nu an ihrer Seite und halte sie, während der Anfall sie schüttelt. Sie gibt kleine wimmernde Laute von sich, die mir fast das Herz brechen. Húnn und Ràn ziehen den Mann fort zur anderen Seite des Raumes, aber er bewegt sich nicht mehr. Er hat seinen Zweck erfüllt. Was immer der gewesen sein mag.

Ich drücke Isla an meine Brust und kann nur zusehen, wie ihre Arme und Beine unkontrolliert zucken. Das ist mit Sicherheit das Schlimmste, was ich je gesehen habe.

„Isla, das wird schon wieder", flüstere ich und fühle mich total blöd, sobald ich die Worte ausgesprochen habe. Ich glaube nicht an leere Versprechungen und diese dürfte einen vorderen Platz unter ihnen einnehmen. Ich habe schließlich keine Ahnung, was hier gerade vor sich geht.

Finn steht hinter mir, seine Beine berühren beinahe

meinen Rücken. Er weiß auch nicht, was er tun soll. Genauso wenig wie ich.

Es dauert eine Ewigkeit, bis die Krämpfe nachlassen. Isla bewegt sich nicht mehr, liegt nur schlaff und bewusstlos in meinen Armen. Ich schüttele sie sanft.

„Isla? Bitte wach auf, Liebes!"

Sie reagiert in keiner Weise. Sie liegt nur so da, als würde sie schlafen. Aber das tut sie mit Sicherheit nicht.

Das ist schlimm.

Finn

Am liebsten würde *ich* sie halten. Torben war schneller bei ihr; und sicher, er wird sich gut um sie kümmern, aber ein bisschen Eifersucht tief in meinem Herzen kann ich nicht leugnen. Er ist mit ihr schon die Verbindung eingegangen, genau wie Ràn, und es wird nur eine Frage der Zeit sein, bis das auch auf Húnn zutrifft. Auf mich ist sie in dieser Hinsicht noch nicht zugekommen, und obwohl ich mir sage, dass sich dazu einfach noch keine Gelegenheit geboten hat, tut das doch weh.

Sie sieht aus, als würde sie schlafen, wenn nicht ihre Wangen so blass wären, beinahe grau. Da fehlt der sonst übliche rosige Glanz. Sie ist normalerweise so voller Leben, sprüht vor Energie, lacht. Das hier ist nicht Isla. Ihr jetziger Zustand erinnert mich daran, wie wir sie damals auf dem Strand gefunden haben, halb erfroren. Ich hätte nicht gedacht, dass sie überlebt. Aber genau das tat sie und hat einen Platz in unseren Herzen gefunden. Ich kann mir ein Leben ohne sie nicht mehr vorstellen.

Plötzlich bewegt sie sich, nein, sie wandelt sich!

Torben wird umgestoßen, als ein riesiger Eisbär da steht, wo Sekunden vorher noch Isla lag. Aber das ist nicht Allis. Deren Augen waren ernst, aber freundlich. Und sie hatte auch keinen schwarzen Brustfleck. Dieser Bär dort starrt uns irr und hasserfüllt an, aus seinen schwarzen Augen spricht die blanke Wut.

Eine böse Vorahnung packt mich. Wenn das dort nicht Allis ist, kann es nur Arkas sein. Wir konnten nicht hören, worüber sie gesprochen haben, als Isla den alten Mann berührte, aber es kann nichts Gutes gewesen sein.

Dieser Bär – Arkas – knurrt und reißt den Rachen auf. Seine Vorderpfoten liegen auf Torbens Brust, der verzweifelt versucht, darunter hervorzukommen. Bei diesem auf ihm lastenden Gewicht kann er sich nicht wandeln.

Arkas senkt den Kopf, bereit, Torben die Kehle herauszureißen.

Húnn / Pelja

Ich wandle mich so schnell wie nie zuvor und werfe mich auf Arkas. Er ist groß, größer als ich, aber wir sind schließlich zu viert. Die Moiren stehen da hinten herum. Sind nutzlos. Es kommt jetzt auf uns vier an.

Meine Klauen senken sich in seinen Rücken, und er wirbelt herum und lässt Torben los. Gut so.

Er schlägt nach mir, ein Schmerz an der Brust durchzuckt mich. Seine Klauen sind schärfer als sie eigentlich sein dürften und hinterlassen tiefe Wunden. Ich spüre, wie mein Fell vom Blut durchnässt wird. Nicht so gut.

Mein Bruder greift ihn von der Seite an und beißt Arkas in die Flanke. Torben hat sich gewandelt und steht auf den Hinterbeinen, bereit, Arkas von hinten anzugehen. Finn steht neben ihm und versucht, Arkas Beine zu fassen zu kriegen.

Wir sind zu viert, er ist alleine. Klar, er ist größer, aber wir werden ihn doch besiegen, oder?

Und just da tut er etwas Unerwartetes: Er schlägt uns in seinen Bann.

Eine Macht wie eine klebrige, schleimige Substanz breitet sich in meinem Kopf aus und befiehlt mir, mich nicht mehr zu bewegen. Ich kämpfe dagegen an, versuche, sie loszuwerden, aber sie ist zu stark. Ich fühle, wie mein Körper seine Aktivität einstellt, ohne dass ich dazu das Kommando gegeben hätte.

Torben als Anführer unserer Gruppe vermag das auch, aber er hat diese besondere Fähigkeit bisher nur zum Spaß eingesetzt oder bei kleineren Unstimmigkeiten, um uns zu zeigen, wer der Herr im Hause ist. Aber das hier ist anders. Das fühlt sich nicht richtig an. Böse.

Hier wird meinem freien Willen Gewalt angetan, und ich wehre mich dagegen. Kann Arkas uns wirklich alle vier auf diese Art lähmen? Da fällt mir die Festung in Kanada wieder ein und ich bin sicher, dass er das kann. Dort gab es mindestens einhundert Wandler, und er hatte sie alle unter seiner Kontrolle.

Arkas sieht uns grinsend an. Er ist sichtlich mit sich zufrieden.

Aus den Augenwinkeln sehe ich, wie Atropos sich neben dem alten Mann niederkniet. Was macht sie da? Wieso helfen die Moiren uns nicht?

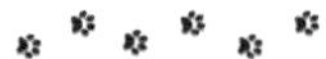

Allis

Mir ging es noch nie so schlecht. Ich bin zwar seit meinem Tod nicht mehr krank gewesen, kann mich an das Gefühl aber noch erinnern.

Ich weiß jetzt, was geschehen ist. Arkas hat mich überrascht und sich Isla angeeignet. Ich wusste nicht einmal, dass das möglich war, aber die Tatsache, dass ich jetzt in dieser leblosen Hülle von Mann eingesperrt bin, ist wohl Beweis genug.

Ich mache mir um Isla Sorgen. Er wird sie nicht gut behandeln. Ich muss ihr helfen, und das schnell.

Oh Arkas. Wie hat er sich verändert! Er ist besessen und gleicht dem Jungen von damals in keiner Beziehung. Selbst als König war er nie so machthungrig. Er hat seine Untertanen immer gut behandelt – er hätte sich nie so verhalten wie er das gerade den Männern und Isla gegenüber getan hat. Ich weiß, dass ich einige Zeit lang trauern werde, aber nicht jetzt.

„Allis, du musst eine Entscheidung treffen", flüstert eine weibliche Stimme wie aus großer Entfernung. Ich kann den alten Mann nicht als Sprachrohr verwenden, aber sie zumindest hören. Es ist wohl eine der Moiren.

„Du wirst nur einen von Beiden retten können. Wer soll es sein? Arkas oder Isla?"

Verdammte Hexe. Sie verlangt von mir, mich zwischen meinem Sohn und meiner – Freundin zu entscheiden? Nein, Isla ist mehr als eine Freundin. Sie ist fast wie eine Tochter für mich. Eine Schwester allemal. In diesem Augenblick kenne ich sie besser als meinen Sohn. In meinen Erinnerungen ist er so verschieden von dem Mann, den ich hier angetroffen habe. Ich wünschte fast, ich hätte ihn nie zu Gesicht bekommen. Dass wir nicht durch das Portal gegangen wären – dann hätte ich an meinem Bild von ihm festhalten können, das jetzt so sehr im Widerspruch zu der tatsächlich vorgefundenen Person steht.

Aber wieso habe ich nicht damit gerechnet, dass er sich verändert hat? Er war schließlich so lange ein Gefangener dieses Menschen. Das hat ihn um den Verstand gebracht, hat ihn zu stark beeinflusst. Aber ist es für ihn zu spät? Kann er nicht doch noch gerettet werden? Wenn ich mich für ihn entscheide, wird er dann wieder der Arkas meiner Erinnerungen sein, mein Sohn? Oder würde ich Islas Leben an jemanden verschwenden, der die Herrschaft über die gesamte Menschheit anstrebt?

„Isla oder Arkas?", wiederholt sie die Frage.

Isla ist so vielversprechend. Und sie hat eine Familie, ihre vier Männer. Dazu noch zwei Freunde auf der Insel, die beinahe wie Onkel für sie sind. Nicht wie der Onkel, bei dem sie aufgewachsen ist und der sie missbraucht hat.

Nein, wie freundschaftlich verbundene Verwandte, die sich umeinander kümmern und sich gegenseitig helfen.

„Arkas oder Isla?"

Aber er ist doch mein Sohn. Ich habe ihn in mir getragen, ihn zur Welt gebracht, habe ihn aufwachsen sehen. Doch dann ist er gestorben. Ist es nicht an der Zeit, dass er wirklich tot ist?

„Isla oder Arkas?"

Isla hat es nicht verdient zu sterben. Ihr Leben hat gerade erst begonnen.

Ich treffe meine Wahl. Wenn ich könnte, würde ich weinen.

❀ ❀ ❀ ❀ ❀ ❀

Ràn / Orson

Wir alle vier liegen am Boden und sind mit Wunden übersät. Mein Bruder stöhnt leise, er muss schwer verletzt sein. Wir konnten uns nicht einmal verteidigen, Arkas hat uns unfähig zu jeglicher Bewegung an Ort und Stelle festgehalten. Nicht einmal Torben konnte sich Arkas' Kontrolle entziehen.

Das wird das Ende sein. Ich weiß nicht einmal, warum wir überhaupt noch am Leben sind. Wahrscheinlich will er uns hilflos zu seinen Füßen sehen, während wir sterben.

Die Schmerzen sind so stark, dass ich mich beinahe an sie gewöhnen könnte. Sie umhüllen mich wie eine große Decke, unter der ich aber immer schlechter atmen kann.

Arkas knurrt und nähert sich Torben. Der ist unser Anführer, deshalb wird er ihn wohl als ersten erledigen wollen. Speichel trieft von den Fangzähnen des Bären, seine Augen glühen siegesgewiss.

Ich schließe die Augen, weil ich nicht mitansehen will, was nun folgt. Es gibt keinen würdevollen Tod. Auch keinen tapferen. Ich will nur noch, dass es bald vorbei ist. Das ist nicht gerade tapfer, sondern eher ungeduldig und von Schmerzen diktiert.

Vielleicht ist Isla schon tot. Wer weiß, was geschehen ist, als Arkas sie überwältigt hat. Sie würde sich ihm nicht kampflos unterwerfen. Ob ich sie wohl im nächsten Leben wiedersehe?

Lautes Gebrüll erfüllt den Raum, aber es kommt nicht von Arkas. Ich öffne die Augen und sehe, wie Allis ihren Sohn angreift. Wo ist sie so plötzlich hergekommen? Wieso hat sie wieder einen Körper? Ich wende den Kopf und schaue dahin, wo vorher der alte Mann gesessen hat. Er ist nicht mehr da. Irgendetwas muss geschehen sein, was es Allis ermöglicht hat, in seinen Körper zu schlüpfen und sich dann zu wandeln. Das Werk der Moiren? Eine von ihnen steht an der Stelle, wo noch vor wenigen Augenblicken Van Deen gesessen hat und lächelt sanft.

Allis brüllt und knurrt Arkas an. Seine Macht über uns hat keinen Einfluss auf sie. Im Gegenteil, seine Bewegungen werden plötzlich langsamer, unbeholfener, bis er sich schließlich gar nicht mehr rührt und nur dasteht, mitten im Raum, um sein Maul herum Blut im weißen Fell. Unser Blut.

Allis starrt ihren Sohn an, es sieht aus, als würden sie sich mental unterhalten; vielleicht schaut sie ihn aber auch nur ein letztes Mal an. Dann reißt sie ihm die Kehle heraus.

„Neiiiiin!", schreit Torben, und mir wird klar, was er schon viel früher verstanden hat. Isla. Arkas hat ihren Körper übernommen. Und jetzt hat Allis ihn getötet. Und mit ihm unsere Isla.

Ich stöhne, unfähig, einen kräftigeren Laut von mir zu geben. Ich bin selbst zum Weinen zu schwach.

Der Kummer überwältigt mich, ich will nicht mehr leben.

Aber Moment mal. Ganz tief im Innern kann ich noch die Verbindung zu ihr spüren. Dann kann sie doch nicht tot sein, oder?

In diesem Augenblick bricht Allis neben ihrem Sohn zusammen.

Verdammt nochmal, was geht hier vor?

Isla

Mit einem hellen Lichtstrahl fühle ich mich aus meinem dunklen Gefängnis zurück in meinen Körper transportiert. Ich bewege meine Finger und Zehen, fühlt sich wie immer an. Das bin wirklich, ich – in meinem eigenen Körper. Ganz ich selbst. Nicht mehr eingesperrt.

Willkommen zurück, spricht eine überraschend sanfte Stimme in meinem Kopf.

Allis!

Kleines Menschenkind, lacht sie, aber durch unsere Verbindung dringt auch eine tiefe Traurigkeit.

Was ist geschehen?

Öffne deine Augen.

Ich war so an die Dunkelheit gewöhnt, dass ich beinahe vergessen habe, dass ich ja sehen kann. Ich öffne die Augen und sehe das Gemetzel rund um mich her. Meine Männer liegen allesamt in Blutlachen am Boden. Aber sie leben. Torben und Húnn haben sich schon gewandelt, sind nackt, aber anscheinend in gutem Zustand, während die Brüder noch ihre Bärengestalt beibehalten haben.

Ich laufe zu ihnen hinüber und streichele ihnen das Fell, halte je eine Hand auf ihren Rücken und will sie ermuntern, sich ebenfalls zu wandeln.

Während ich darauf warte, dass sie auf meine Berührung reagieren, sehe ich mich im Zimmer um. Dort liegt Van Deen, mit blutig zerfetztem Hals.

Was ist geschehen? frage ich erneut.

Ich habe meinen Sohn getötet, antwortet Allis traurig. *Du wirst die Moiren nach den Einzelheiten fragen müssen, aber sie haben mir den Körper des alten Mannes gegeben, damit ich Arkas Leben beenden konnte.*

Ich suche nach Worten, finde aber keine, die jetzt angemessen wären. Sie wird Zeit brauchen, viel Zeit. Ihr Sohn ist tot, noch einmal. Sie hat ihn zweimal verloren, und die Trauer wird nicht weniger schlimm sein als beim ersten Mal. Besonders, da sie es war, die ihn getötet hat.

Húnn wandelt sich, gefolgt von Ràn. Sie setzen sich auf, und ich denke, dass sie trotz ihrer Wunden bald wieder in Ordnung sein werden. Ràn streckt mir die Arme entgegen, und ich drücke ihn fest an mich, atme seinen

Duft ein, und dann Hùnns, als er dem Beispiel seines Bruders folgt, und dann halte ich sie alle beide.

Wir sitzen eine Weile so da, umarmen einander und wissen, dass nichts mehr so sein wird wie zuvor. Aber wir haben zumindest einander.

EPILOG

*Ü*brigens: *Du bist schwanger.*

Ich bleibe wie angewurzelt stehen und muss erst einmal verarbeiten, was Allis da gerade gesagt hat.

Ach, sei still.

Du bist schwanger. Wirst bald Junge haben. Werde ich damit zur Tante?

Junge? Mehrzahl?

Ich höre nur einen Herzschlag.

Moment mal, ich bin schwanger?

Das sagte ich doch gerade. Schon zweimal, jetzt zum dritten Mal.

Aber ich bin erst zwanzig – das ist doch noch zu jung, um Kinder zu kriegen. Und nicht in diese Welt hinein.

„Was?", fragt Húnn plötzlich und reißt mich aus meiner mentalen Unterhaltung mit Allis.

Hab ich das laut gesagt? Bitte lass das nicht wahr sein.

Wir gehen gerade an einem Flüsschen entlang zu der

alten Fabrik, aus der Bertie und Arnold immer ihre Batterien holen. Das ist eine gute Ausrede, um mit Húnn allein zu sein. Ich habe in letzter Zeit des öfteren versucht, jedem von ihnen mehr Aufmerksamkeit zu widmen. Ich will nicht, dass einer eifersüchtig wird. Sie versichern mir zwar immer wieder, dass es für sie völlig in Ordnung ist, dass ich vier Männer habe, aber ich will ihnen auch allen individuell gerecht werden.

Heute ist Húnn dran. Und er hat offenbar gerade gehört, dass ich schwanger bin.

Oh nein.

Ist mir das peinlich. „Allis hat mir gerade gesagt, dass ich schwanger bin."

Er sieht mich mit offenem Mund an. „Bist du sicher?"

Ich nicke und werde rot. „Sie scheint davon überzeugt zu sein, kann schon einen Herzschlag hören."

„Scheiße."

„Du sagst es."

„Du bist schwanger?"

So langsam mache ich mir Sorgen. „Ist das ein Problem?"

Ich weiß noch aus der alten Welt, dass die Leute damals Kondome verwendet haben, aber die gibt's natürlich nicht mehr. Einige Frauen auf Salvation Island haben ihren Zyklus beobachtet und so versucht, nicht schwanger zu werden, aber das hat nicht immer funktioniert. Andere schworen auf die Mondphasen als Verhütungsmittel. Aber ich hatte mit Männer nie etwas zu tun— und habe schlicht nicht daran gedacht, dass ich schwanger werden könnte.

Und jetzt bin ich es.

Um es mit Húnns Worten auszudrücken: Scheiße.

Plötzlich finde ich mich in Húnns Armen wieder, und er wirbelt mich durch die Luft.

„Das ist kein Problem. Das ist einfach großartig!"

Er lacht, und davon lasse ich mich anstecken. Ja, wenn man es so sieht, ist es großartig. Ein kleines Wunder. Ich bin mir noch nicht sicher, ob ich wirklich ein neues Leben in diese Welt hineinbringen will, aber falls doch, dann mit diesen vier Männern.

Weißt du, wer der Vater ist? frage ich Allis.

Ist das wichtig?

Nein, natürlich nicht.

Húnn setzt mich wieder ab, und ich lächele ihn breit an.

„Wir sollten die Verbindung eingehen."

„Jetzt?"

Ich deute auf einen Grasflecken zu unserer Linken. Jetzt, wo der Schnee geschmolzen ist, kommt der Frühling mit Macht, und am Bachufer stehen die Schneeglöckchen und Osterglocken schon in voller Pracht.

„Wie wär's denn hiermit?"

Statt einer Antwort küsst er mich leidenschaftlich und vielversprechend. Ich freue mich schon auf den Geschmack seines Blutes und den Funken, den unsere neu geschaffene Verbindung in mir auslösen wird.

Ohne unseren Kuss zu unterbrechen, lassen wir uns auf dem Gras nieder.

Húnn wird mich hier lieben und ich ihn. Die

bevorstehende Verbindung wird unsere Liebe weiter stärken. Wir werden eins werden, ein Paar.

Finn ist als nächstes dran. Und damit sind wir dann eine richtige Familie. Mutter, Kind und vier Väter.

ENDE

Die Geschichte erreicht in Von Bären begehrt ihren finalen Höhepunkt.

Wenn du über alle Neuerscheinungen auf dem Laufenden bleiben willst, abonniere meinen Newsletter: skyemackinnon.de

Du willst mehr Gestaltwandler? Wie wäre es mit meiner Killerkatzen-Reihe voller Katzen, Liebe und ein bisschen Mord? Los geht es mit Miau.

DANKSAGUNG

Wie immer haben viele Leute direkt oder indirekt mitgeholfen, dass dieses Buch entstanden ist.

Die Mitglieder meiner Autorengruppe, Laura, Arizona und Kelly, sind zu einem wichtigen Teil meines Lebens geworden und begleiten mich durch viele glückliche, nicht immer ganz stressfreie Momente. Danke, dass ihr da seid, danke, dass ihr mich überzeugt habt, mehr über die Bären zu schreiben!

Im wahren Leben danke ich meinen ehemaligen Kollegen Cherry, Amanda und Lucy, die mich von Beginn an bei meinen schriftstellerischen Ambitionen unterstützt haben. Ich hoffe, ihr lest dies hier nicht.

Ein riesiges Dankeschön an meine Beta-Leser, mein Street-Team und all die Leser, die mir immer wieder Feedback, Ratschläge und lustige Gifs senden. Ohne euch würde es keine Bücher geben.

Meine Kaninchen haben mich oft im Hinblick auf die

Bären inspiriert. Also auch Dank an Darwin und Emma – ihr ward so lustig, lebendig und manchmal auch ziemlich geil.

Meiner Familie würde ich ja auch danken, aber ich hoffe eigentlich, dass sie dies nicht lesen...

Skye MacKinnon ist eine schottische Bestsellerautorin mit einer Vorliebe für fantastische Welten, keltische Mythologie und starke Heldinnen, die nicht gerettet werden müssen.

Sie wurde zwar in Deutschland geboren, ist aber inzwischen so schottisch, dass sie ihren Tee nur mit Milch trinkt, regelmäßig Haggis jagen geht und auch schon unter den ein oder anderen Kilt geschaut hat (natürlich rein zu Forschungszwecken).

Wenn sie nicht gerade in ihrem Lieblingscafé schreibt, vertilgt Skye getrocknete Mango, erkundet die schottischen Highlands und kuschelt mit ihrer winzigen Katze.

Skyes deutsche Bücher & Newsletter:
skyemackinnon.de

Skyes englische Bücher:
(einige sind auch als Hörbuch erhältlich)
skyemackinnon.com/books

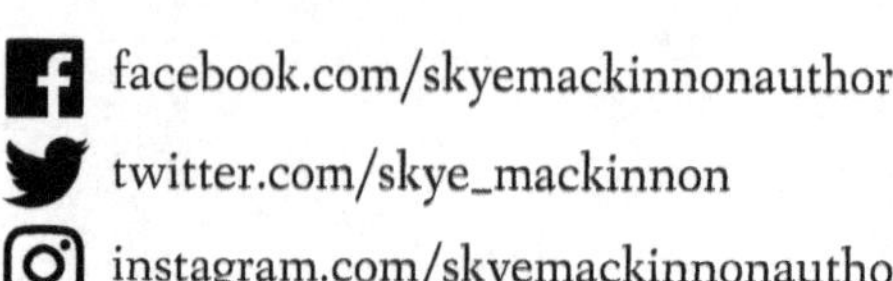

facebook.com/skyemackinnonauthor
twitter.com/skye_mackinnon
instagram.com/skyemackinnonauthor